Der kleine Engel Anin
Herr Mann

HERR MANN

DER
KLEINE
Engel ANIN

Lektorat: Wolma Krefting
Covergestaltung und Satz: Wolkenart - Marie-Katharina Wölk
www.wolkenart.com
Hermann Wessels | Birkenstrasse 15 | 26909 Neulehe
© 2019
Herstellung und Verlag: BoD – Books on Demand, Norderstedt.
ISBN: 9783749435999

Vorwort

Die phantasievolle Reise eines Engels, der nicht genau weiß, wer oder was er überhaupt ist.

Diese Geschichte ist einer ganz besonderen Person gewidmet, die nach eigenen Worten »das irdische Raumschiff« nach einer schweren Krankheit, einem Krebsleiden, verlassen musste. Sie hat lange Zeit versucht, ein Heilmittel zu finden. Auf ihrer Reise hat sie zwar keine Heilung erfahren, jedoch eine Menge Freunde getroffen. Jedes Ende ist zugleich ein Anfang …

… denn manchmal werden Engel dringender im Himmel gebraucht als auf Erden.

Auch meiner Familie, die mir das Wichtigste im Leben und immer für mich da ist, möchte ich diese Geschichte widmen.

*Die kleine Anin – eine Geschichte über Freundschaft,
Hoffnung, Mut und Kraft*

Der kleine Engel

Anin war ein kleiner Engel. Sie selbst konnte sich allerdings an nichts erinnern, das heißt an fast nichts. Sie wusste nicht, wer sie war und erst recht nicht, was sie hier machte. Tags zuvor hatte sie eine liebevolle Stimme vernommen, die ihr zuflüsterte, sie müsse sich auf den Weg machen. Auf den Weg, um Sternenstaub zu sammeln und um ihre Kräfte zu erlangen. Und sie würde auf ihrer Reise jemanden treffen. Durch ihn würde sie alles über sich erfahren. Es handele sich dabei um einen uralten, allwissenden Baum, der älter war als man sich vorstellen konnte. Nur an diese Worte erinnerte sich Anin. Sie hatte auch nicht viel bei sich, was ihr verriet, wer genau sie war. Alles, was sie besaß, befand sich in ihrer Tasche. Es war ein Zettel mit einer kleinen Geschichte. Sie wusste im Moment noch nicht einmal, woher dieser Zettel kam.

Die Worte waren in einer geschwungenen Handschrift auf das Blatt gebracht worden. Der Zettel war schon etwas zerknittert und an den Knickstellen zeigten sich bereits Risse. Er musste oft auseinander- und wieder zusammengefaltet worden sein. Anin setzte sich auf den Boden, glättete das Blatt Papier und begann sich leise die Geschichte selbst vorzulesen.

Diese Geschichte handelt von einem kleinen Engel. Allerdings nicht irgendein Engel, sondern ein ganz besonderer. In diesem Fall ist unser Engel weiblich, also eine »Engelin«, zwar nicht gerade groß, aber groß in den Dingen, die von Herzen kommen. Der Engel in dieser Geschichte hat sich vorgenommen, auf einer weit entfernten einsamen Insel einen hohen Berg zu erklimmen. Das würde bestimmt einen ganzen Tag lang dauern. Jedoch sagte sie sich: Warum den Berg emporsteigen? Schließlich hatte sie ja Flügel und konnte fliegen. »Ich flieg den Berg einfach hinauf!«, beschloss sie. Jedoch kam etwas dazwischen, denn sie wurde krank. Nein, es war nicht nur ein Schnupfen oder Ähnliches. Sie wurde so schwer krank, dass ihr schließlich sämtliche goldfarbenen Federn ihrer Flügel ausfielen.

Natürlich konnte man so nicht fliegen, erst recht keinen hohen Berg hinauf, jedoch war das unserem Engel egal. Zwar geschwächt von der Medizin, die sie zum Gesundwerden brauchte, aber dennoch zuversichtlich machte sie sich auf den Weg. Allein die Reise zur abgelegenen Insel war schon sehr anstrengend, aber das konnte sie nicht entmutigen. Am Berg angekommen nahm sie all ihre Willenskraft zusammen. Natürlich ließen die Kräfte bald nach, doch sie hatte das Bedürfnis, diesen beschwerlichen Weg zu gehen, mit all seinen Höhen und Tiefen. Aufgeben kam ihr nie in den Sinn. Getrieben von ihrer inneren Kraft bezwang sie den Berg. Oben angekommen musste sie sich erschöpft ausruhen. Geschwächt, aber völlig zufrieden sackte sie in sich zusammen, und war überglücklich, nicht aufgegeben zu haben. Ihr war egal, wie *schwer diese Zeit war. Sie sagte sich: »Indem man an sich glaubt, ist man imstande, Außergewöhnliches zu erreichen.« Unseren Engel hat nie der Mut verlassen und mittlerweile ist alles wieder in Ordnung. Unser Engel wurde wieder völlig gesund und fliegt munter umher, doch um eine wertvolle Erfahrung reicher.*

Nachdem sich Anin diese Geschichte durchgelesen hatte, machte sie sich auf ihren eigenen Weg. Das sollte der Beginn einer phantasievollen Reise sein. Eine Reise, auf der Anin viele neue Freunde kennenlernen sollte, aber auch Gefahren ausgesetzt sein würde, die es zu überwinden galt.

Es war der erste Tag ihrer Reise im Herbst. Die Bäume fingen schon an, ihre Blätter abzuwerfen und auch die Blütenpracht der Pflanzen verlor an Glanz. Es wurde spürbar kälter, und die Tage wurden kürzer. Die Sonnenstrahlen, die auf die Haut trafen, waren nun deutlich kühler als im Sommer. Die feinen Spinnweben waren gut zu erkennen, denn auf und zwischen den Fäden glitzerten die zarten Wassertröpfchen des Morgentaus. Genau zu dieser Zeit machte Anin sich auf, um Sternenstaub zu finden. Für normal Sterbliche war dies natürlich unmöglich. Anin hatte allerdings schon eine Idee, denn irgendwie wusste sie genau, wo dieser zu finden war, nur woher sie das wusste, das konnte sie sich zu diesem Zeitpunkt noch nicht erklären.

Somit machte sie sich auf den Weg, um den Sternenstaub

und damit auch die Kraft sowie ihre Erinnerung wiederzufinden. Ihr Abenteuer begann.

Immer wieder musste Anin an die Geschichte des kleinen Engels denken. Die Erzählung stimmte Anin traurig, denn zum einen wusste sie nicht genau, was sie mit ihr zu tun haben sollte, und zum anderen konnte sie sich sehr gut in die Lage des Engels versetzen.

Als Allererstes führte sie ihr Weg durch einen Wald. Sie kannte den Duft des Waldes und es kam ihr so vor, als ob sie ihn schon oft wahrgenommen hatte. Die Bäume standen sehr dicht, ihre Kronen ließen nur wenige Sonnenstrahlen durch und es sah so aus, als würden sie die Luft zerschneiden. Ein paar Strahlen trafen direkt auf Anins Haut, und ihr war angenehm warm. In dem Wald fanden sich alle Arten von Bäumen, große, kleine, dicke und dünne. Einige hatten so gut wie gar keine Blätter, andere wiederum sahen eher aus wie Büsche.

Anfangs erwies es sich nicht als schwer, durch den Wald zu laufen, doch je tiefer Anin in den Forst eindrang, desto dichter wurde er. Sie wusste nicht, wie spät es war, aber es musste bereits einige Zeit vergangen sein, denn mittlerweile war es schon sehr dunkel.

Anin war auf sich allein gestellt, es war weit und breit niemand zu sehen, doch sie spürte, dass sie nicht allein bleiben sollte.

Nach ein paar Stunden Fußmarsch taten ihr die Füße weh, denn ihre Schuhe drückten sehr. Daraufhin zog sie sie aus und marschierte weiter. Sie konnte jede noch so kleine Unebenheit unter ihren Füßen spüren, doch es machte ihr nichts aus.

Ein wenig beängstigend war es schon, hier inmitten der vielen Bäume, denn Anin nahm jedes noch so kleine Geräusch wahr. Sie wusste aber, um ans Ziel zu kommen, galt es, diesen Wald zu durchqueren. Nach einer gefühlten Ewigkeit wurde der Boden zudem steinig. Die Schuhe hatte sie schon vor Stunden zurückgelassen, und ihre Füße fühlten sich an, als ob Tausende von Nadeln sich in ihre Haut bohrten, doch umkehren kam nicht infrage. Zu wichtig war es, das Ziel zu erreichen. Tränen liefen ihr die Wangen herunter, und sie wollte sich nur ganz kurz ausruhen. Es war dunkel, kalt und der Weg steinig. Sie war davon überzeugt, nie zuvor so hilflos gewesen zu sein. Im Gedanken war sie bereits am Ziel und dachte an schöne Dinge, doch die Kälte zerrte an ihrem Körper – hinzu kamen die Schmerzen an ihren Füßen. Sie wünschte sich, dass jemand vorbeikäme und ihr helfen würde.

Rosa

Ihr Wunsch sollte nicht unerfüllt bleiben, denn plötzlich passierte etwas, mit dem sie nicht gerechnet hatte. Ein starker Wind kam auf, und genau dieser brachte tausende Rosenblätter mit sich. Sie wirbelten durch die Luft und verwandelten den steinigen Boden in einen samtweichen Weg. Immer noch flossen Tränen, aber diesmal vor Freude.

Ohne Zeit zu verlieren setzte Anin ihre Reise fort, es kam ihr vor, als würde sie auf einem Bett aus Rosen laufen. Sie hatte ihre ersten Freunde gefunden, es waren Rosen, die ihr den Weg leichter machten. Bei einer ganz besonderen Blüte machte sie schließlich halt, um sich bei ihr zu bedanken. Für diese Rose war es eine große Freude, ihr helfen zu können. Sie wollte etwas über Anin erfahren – doch das war das ja genau der Grund, warum unser kleiner Engel losgezogen war, nämlich, um etwas über sich herauszufinden. Die Rose sagte: »Kein Problem, vielleicht kann ich dir etwas über mich erzählen.« Sie überlegte kurz und dann begann sie mit ihrer Geschichte.

»Es war einmal eine Rose – das heißt, in Wahrheit handelte es sich um ein ganzes Rosenfeld. Allerdings geht es in dieser Geschichte nur um diese eine Rose.

Im Großen und Ganzen unterschied sich diese Rose nicht von den anderen, sie hatte aber leider nicht so viel Glück.

Sie stand nämlich ein klein wenig abseits von allen anderen Rosen. An sich nicht tragisch, allerdings war da noch dieser große, uralte Baum.

Der Baum konnte zwar nichts dafür, aber immer, wenn die Sonne schien, warf der Baum einen Schatten, und dieser fiel leider so, dass die besagte Rose nur sehr wenig Sonnenlicht bekam.

Das führte dazu, dass die Rose nicht so prächtig aussah wie all die anderen. Und so geschah es, dass neben diesem prächtigen Feld der Rosen eine einzige stand, die ihre Blüten kaum entfalten konnte.

Sie war sehr einsam, denn von den anderen Rosen wollte auch keine etwas mit ihr zu tun haben. Wenn Besucher kamen, um diesen wunderschönen Garten zu bewundern, so wurde unsere Rose gar nicht beachtet und sie war sehr traurig.

Als die Rose schon ziemlich entmutigt und ohne Hoffnung auf einen Sonnenstrahl war, fiel plötzlich und unerwartet eine Raupe von dem uralten Baum und landete genau auf ihr. Die kleine, gepunktete Raupe spürte sofort, dass irgendetwas nicht stimmte. Schließlich fragte sie die Rose, was denn los sei. Nachdem diese der Raupe alles geschildert hatte, schien sie zum ersten Mal ein wenig zu lächeln, denn schließlich unterhielt sich die Raupe nicht etwa mit den prächtigen Nachbarinnen, sondern eben mit ihr. Daraufhin versprach die Raupe, der Rose zu helfen, aber was konnte eine so kleine Raupe gegen diesen riesigen Baum schon ausrichten?

Dann geschah etwas Wundervolles. Die kleine Raupe hatte all ihre Freunde zusammengetrommelt. Da gab es kleine und große Raupen, dicke und dünne und sogar bunt gefleckte. Sie schlossen sich alle zusammen und kletterten auf den Baum. Dann fraßen die Raupen ein paar Blätter vom Baum, allerdings nur so viele, dass unsere Rose genug Sonnenlicht bekam – der Baum hatte nichts dagegen, schließlich hatte er Millionen von Blättern.

Für unsere Rose war es der schönste Tag in ihrem Leben, sie war überglücklich, und sie vergoss sogar eine Freudenträne.

Nach ein paar Tagen hatte sich die Rose bereits verändert, sie blühte sogar prächtiger als alle anderen, und schon bald kamen die Besucher, um nur sie zu sehen.

Sie hatte nicht nur neuen Mut gefunden, sondern auch eine ganze Menge neuer Freunde, denn aus den Raupen waren mittlerweile anmutige Schmetterlinge geworden, und diese umkreisten die Rose. Ein gepunkteter Schmetterling war immer ganz in ihrer Nähe, es war traumhaft schön.

So hatte die Rose erfahren, dass es nicht unbedingt eine Rolle spielt, wie und wo man aufwächst – es ist nur wichtig, dass man im Leben gute Freunde findet und dass man die Chancen, die sich im Leben bieten, nutzt.

Anin freute sich und verabschiedete sich von der Rose. Sie drehte sich noch einmal kurz um, bevor sie dann endgültig weiterzog.

Yawla, der Baum

Getragen von neuem Mut bemerkte Anin nicht, dass ihre Kräfte sie verließen. Nun musste sie einen Platz zum Schlafen finden. Sie entschied sich für die Krone eines Baumes. Dieser Baum sah anders aus als alle anderen, und wahrscheinlich war das auch der Grund, warum sie ihn ausgesucht hatte. Anin war schon beinahe eingeschlafen, als sie bemerkte, dass sich der Baum um sie legte und sie beschützte. Es fühlte sich an, als ob er sie fest umarmte. Anin schrak auf, doch der Baum beruhigte sie, er wollte nur helfen. Auch der Baum wollte mehr über unseren kleinen Engel wissen, nur … was sollte sie sagen? Schließlich erzählte sie dem Baum, warum sie aufgebrochen war, und dass sie auf ihrer Reise bereits neue Freunde, die Rosen, gefunden hatte. Der Baum schien mindestens hundert Jahre alt zu sein und sagte mit einer ziemlich tiefen Stimme:

»Mein Name ist Yawla, ich bin schon sehr lange hier. Daher weiß ich auch, wer dir bei deiner Reise behilflich sein könnte.«

»Vielen Dank, Yawla«, erwiderte Anin und fragte: »Aber ich würde gerne noch erfahren, wie du hierhergekommen bist, und was du in dieser Zeit alles erlebt hast.«

Daraufhin erzählte der Baum seine Geschichte, und er erzählte sie so, als würde er über jemand anderes berichten:

Es war einmal …

»Oh nein«, sagte der Baum mit seiner tiefen Stimme, die den Boden vibrieren ließ, sodass man es im Körper spüren konnte. Und er sprach weiter: »So fangen ja alle Geschichten an, aber warum dann nicht auch diese.«

»Sie handelt von einer ganz besonderen Freundschaft – zu unserem Freund, dem Baum, also mir«, lachte der Baum.

Im Prinzip war es ein Baum wie jeder andere, aber da er sich nie entscheiden konnte, wie er wachsen wollte, sah er komisch aus. Was heißt komisch, er sah anders aus als die anderen Bäume. Wenn die Sonne schien, wollte er in ihre Richtung wachsen, schien der Mond, so streckte er sich ihm entgegen. Da er sich nicht für eine Richtung entscheiden konnte, schaute er ein wenig merkwürdig aus – ein kleines bisschen anders als die anderen, eben einzigartig.

In seiner Krone allerdings bot er genügend Platz für ein Baumhaus und man konnte viel Zeit mit dem Baum verbringen, wie mit einem richtig guten Freund.

Wenn man sich einmal nicht so gut fühlte, dann konnte man dem Baum alles erzählen, was einen bedrückte, und er hörte aufmerksam zu. Wenn es einem gut ging, so lachte er mit und die Blätter raschelten im Wind.

Eines Tages jedoch wollte unser Baum mehr. Er überlegte

sich, wie es wohl sein würde, unter anderen Bäumen zu sein, und so machte er sich auf den Weg. Kurze Zeit später kam er an einem Feldweg entlang und fragte vereinzelte Bäume, wo denn all die anderen seien. Eine Kastanie antwortete, dass es nicht weit entfernt einen Tannenwald gäbe – und so machte sich unser Freund dorthin auf.

Nach einem langen, anstrengenden Marsch sah er plötzlich eine Lichtung und dann unzählige Bäume. Er wurde schneller und konnte es kaum erwarten, zu den anderen zu gelangen, er beeilte sich sehr.

Dort angekommen wollte jedoch niemand mit Ihm sprechen. Er sah nur stolze, kerzengerade Bäume, die von Weitem fast so aussahen wie eine Armee von Streichhölzern.

Hier wollten sie unseren Freund, den Baum, also nicht, und somit zog er weiter.

Egal wohin er ging, es war irgendwie immer das Gleiche. Schließlich kam er völlig entmutigt und entkräftet an einer Baumallee vorbei, diese schien uralt zu sein.

Auf jeden Fall sah es so aus, als ob diese Bäume sich auch nicht entscheiden konnten, wie sie wachsen sollten. Unser Baum war verunsichert und fragte sich, ob er die anderen Bäume ansprechen sollte. Schließlich nahm er all seinen Mut zusammen und fing an zu berichten, was ihm widerfahren war.

Die Bäume in der Allee hörten aufmerksam zu und unterhielten sich mit ihm. Sie hatten sich noch viel zu erzählen, und alle lachten und freuten sich.

Als unser Baum zurückkehrte, war er überglücklich, so

viele neue Freunde gefunden zu haben, Freunde fürs Leben,
Freunde, die ihn verstanden.

Alle waren sich einig: »Wir sind nicht anders, wir sind
nur außergewöhnlich!«

Anin war längst eingeschlafen, doch sie war glücklich.
Was für eine Reise! Sie hatte nun einen weiteren Freund,
den Baum, der anscheinend auch eine Reise hinter sich
hatte. Von nun an begleitete unser Baum die kleine Anin.
Sie konnte Kräfte sammeln und sich ausruhen, denn sie
saß immer noch in der Krone des Baumes. Anin und
Yawla verbrachten noch viel Zeit miteinander. Yawla
stellte Anin seine Freunde vor. Sie waren allesamt sehr
liebenswürdig und kümmerten sich rührend um Anin. Es
mussten schon Wochen vergangen sein, als sie schließlich
am Rande des Waldes ankamen. Ab hier sollte die Reise
für Anin alleine weitergehen. Denn unser Freund, der
Baum, konnte sie nicht begleiten, denn ein Fluss querte
an der Stelle, wo der Wald endete. Sie verabschiedeten
sich voneinander, und es sah fast so aus, als würde Yawla
weinen, allerdings können Bäume nicht weinen. Anin bemerkte nicht, dass Yawla ihr zum Abschied ein Geschenk
gemacht hatte. Der Baum legte dem kleinen Engel eine
Saat in die Tasche, die ihr noch helfen sollte.

»Anin«, sagte der Baum zum Abschied – und wieder
spürte sie seine Stimme im ganzen Körper.

»Bitte versuche, einen der ältesten Bäume zu finden.

Sein Name lautet Ert, man sagt, er sei allwissend. Ert kann dir bestimmt helfen.«

»Wo finde ich diesen Baum?«, wollte Anin wissen.

»Du kannst ihn nicht finden, er findet dich.«

Und mit diesen Worten verabschiedete sich Yawla, der alte Baum, der unserem kleinen Engel bereits sehr ans Herz gewachsen war.

Der Fluss versperrte Anin den Weg. Erneut stand sie vor einer Hürde, die sie alleine nicht überwinden konnte. Doch sie gab den Mut nicht auf, sie hatte immerhin schon viel Hilfe erfahren, von einer Rose, von einem Baum … aber wer konnte ihr nun helfen? Sie stellte sich vor, einfach über den Fluss zu fliegen, und sie versuchte ihr Glück. Sie sprang so hoch sie konnte – denn schließlich konnten Engel doch fliegen. Allerdings war Anin noch zu schwach dazu. Sie versuchte es erneut und in diesem Augenblick schob sich eine Wolke unter sie.

Sie sagte: »Ich beobachte dich schon lange, und möchte dir helfen.«

Und somit setzte die Wolke sie hinüber auf die andere Seite des breiten Flusses.

»Vielen Dank, liebe Wolke«, sagte Anin. »Alleine hätte ich das nie geschafft. Schön, dass du mir geholfen hast, ich hoffe, wir sehen uns noch mal wieder.«

Sie sprachen noch eine Weile miteinander, und schließlich verschwand die Wolke so schnell, wie sie erschienen war. In dem Wolkenmeer war sie bald nicht mehr zu erkennen, und doch bildete Anin sich ein, genau zu wissen, wo die kleine Wolke gerade war. Anins Wunsch, die kleine Wolke und damit einen weiteren Freund bald wiederzusehen, sollte in Erfüllung gehen, denn sie hatte noch viele Aufgaben zu meistern, und ihre Reise hatte gerade erst begonnen.

Uflag

Die Reise dauerte nun schon eine ganze Weile. Doch sie ahnte, dass sie nicht nur Freunde finden würde, es schien so, als ob etwas Dunkles an ihr zerrte. Es war eine Art Schwächegefühl, das sie ständig begleitete. Wobei diese Schwäche nicht auf das Fehlen irdischer Verlangen wie Trinken oder Essen zurückzuführen war, denn diese Bedürfnisse hatte sie nicht. Nein, es war eher eine innere Schwäche, die an ihr zerrte, und sie hatte das Gefühl, je weiter sie kam, desto stärker wurde diese.

Aber Anin wollte sich nicht entmutigen lassen. Bevor es jedoch weitergehen sollte, wollte sie sich noch ein wenig Ruhe gönnen. So setzte sie sich auf einen abgestorbenen Baumstumpf, der seinem Umfang nach schon sehr alt sein musste. Die Baumringe zu zählen, kam Anin allerdings nicht in den Sinn, dafür waren es viel zu viele. Sie gab sich damit zufrieden, einen geeigneten Sitzplatz gefunden zu haben, um wieder Energie zu tanken und einfach die Stille zu genießen.

Ja, es war sehr still und es lag wieder dieser typische Waldgeruch in der Luft. Sie liebte diesen Duft und fühlte sich sehr gut. Als sie sich jedoch hinsetzen wollte, spürte sie kurzzeitig einen Widerstand, und dann purzelte sie zu Boden. Sie fand sich mit dem Gesicht voran im Moos wieder. Es war sehr weich, und es haftete noch etwas Tau daran. Anin erschrak sich, aber zumindest war sie weich gefallen. Sie hob den Kopf, wobei ihr Tautropfen von der Nase kullerten, um den Baumstumpf zu mustern. Sie konnte sich nicht so sehr geirrt haben. Sie rieb sich die Augen, konnte aber keinen Baumstumpf mehr sehen. Sie musterte die Stelle, an der dieser gestanden hatte und stellte fest, dass das Moos, welches wie ein Teppich die ganze Gegend bedeckte, dort eingedrückt war. Kaum zu glauben, überlegte sie, konnte es sein, dass der Baumstumpf doch nicht abgestorben war? Wie aus dem Nichts stand plötzlich ein Wesen vor ihr. Man konnte es gar nicht richtig beschreiben. Ein solches Geschöpf hatte Anin noch niemals zu Gesicht bekommen. Es machte zumindest einen freundlichen Eindruck. Anin richtete sich wieder auf, an ihrem Körper klebte teilweise noch Moos. Nun standen sie sich beide gegenüber, allerdings wussten sie nicht genau, was sie sagen sollten. »Was, wenn mich das Wesen überhaupt nicht verstehen kann?«, dachte Anin. Und so erfüllte wieder Stille die Umgebung. Wenn man genau hinhörte, konnte man jedoch ein paar Vögel zwitschern hören. Anin konnte nicht länger innehalten.

»Wie heißt du, und was machst du hier? Und … ich möchte nicht unverschämt sein, aber was bist du?«

So viele Fragen auf einmal, aber man konnte ein Lächeln im Gesicht des Wesens erkennen. Das Eis war gebrochen.

Das Wesen schien sehr scheu zu sein, es piepste beinahe: »Ich bin ein Uflag«, flüsterte das Wesen.

Nie zuvor war es jemandem gelungen, einen Uflag zu enttarnen, denn Uflags konnten jede Form annehmen, die man sich nur vorstellen kann. Doch wenn sie mit jemandem in Berührung kamen, so nahmen sie ihre ursprüngliche, eigentliche Gestalt an.

Genau konnte Anin das Wesen nicht beschreiben. Es war fast so, als könnte sie durch den Uflag hindurchsehen, aber irgendwie auch nicht.

»Hallo, mein Name ist Anin. Ich weiß nicht genau, wer oder was ich bin, aber ich bin auf der Suche nach Antworten. Mein Weg, um diese zu finden, führt hier entlang. Und ich muss Sternenstaub finden!«

Die piepsige Stimme des Uflag erwiderte:

»Du bist auf dem richtigen Weg, zumindest was die Sache mit den Antworten angeht. Nicht weit von hier lebt Ert, der älteste Baum, den es gibt. Niemand weiß genau, wie alt er ist, aber an seinen Wurzeln gibt es einen Eingang. Durch diesen gelangt man ins Innere. Doch es ist nicht einfach, den richtigen Weg zu finden, denn in diesem Baum gibt es viele verschachtelte Gänge, die es zu durchqueren gilt. Wenn du diese Prüfung meisterst, so kannst du Ert ein paar Fragen stellen. Wozu brauchst du Sternenstaub?« wollte Uflag noch wissen.

»Ich brauche ihn, um meine Kraft zurückzubekommen.«

Gemeinsam setzten die beiden ihren Weg fort. Auch

Uflag war schon zu Ohren gekommen, dass Sternenstaub eine große Heilwirkung haben sollte, allerdings konnte er sich nicht vorstellen, wie man an so etwas Seltenes gelangen sollte. Manchmal träumte Uflag davon, hoch oben bei den Sternen zu sein. Von dort müsste schließlich alles winzig klein aussehen.

»Ob da oben irgendjemand wohnt?« Diese Frage stellte Uflag sich oft, aber er wusste auch, dass er es nie erfahren würde – für ihn waren die Sterne unerreichbar. Im Geheimen war er sehr froh, Anin getroffen zu haben, denn er war sehr schüchtern und auch oft alleine, denn er konnte und wollte sich nicht zu erkennen geben.

Uflag überlegte kurz. »Vielleicht wäre es hilfreich, noch weitere Meinungen einzuholen«, flüsterte er und tat einen Laut, der sich fast wie eine Melodie anhörte.

Rings um Anin herum verwandelten sich weitere Baumstümpfe und sogar Felsen in diese schwer zu beschreibenden Gestalten, in Uflags. Alle hießen genau gleich.

»Woher weiß man, wer wer ist?«, fragte Anin.

»Wir hören es an der Tonlage«, gab einer der Uflags zurück.

Alle hatten zugehört, und alle waren bereit, Anin auf ihrer Reise zu begleiten, um Sternenstaub zu finden. Es brauchte nicht lange, da merkten die Uflags, dass Anin das Laufen schwerfiel. Sie beschlossen, ein Transportmittel für Anin zu bauen. Das war kein Problem für sie, denn schließlich konnten sie jede Form annehmen, die sie wollten. Anin bettete sich auf die Trage. Sie war über-glücklich – wieder hatte sie neue Freunde finden können, die sie bei ihrem Abenteuer begleiteten. Sie wusste, wenn sie am Ende der Reise sein würde, hätte sie nicht nur viele neue Freunde gewonnen, sondern wäre auch zu alten Kräften gelangt, und sie würde verstehen, warum sie überhaupt hier war.

Bis dahin war es jedoch noch ein langer Weg, der zurückgelegt werden musste.

Es wurde bereits dunkel. Zusammen mit ihren neuen Freunden hatte Anin eine beachtliche Strecke hinter sich gelassen. Sie kamen zu einer Stelle, an der die Uflags abrupt stehen blieben.

»Liebe Anin, leider können wir dich nicht weiter begleiten. Sollten wir diese Schwelle übersteigen, verlieren wir die Fähigkeit, uns zu tarnen und in etwas anderes zu verwandeln.«

»Aber wie kann das sein?«, fragte Anin.

Einer der Uflags, ein sehr schüchterner, trat hervor:

»Unsere Magie und Kraft geht von einer Quelle aus, die sehr hell strahlt, aber sie kommt nicht über diese Schwelle hinaus. Ab hier musst du deinen Weg alleine fortsetzen.«

Ein anderer Uflag meinte: »Wir haben ein kleines Geschenk für dich, es ist ein Stein aus unserer Quelle, der dir bei Gefahr nützlich sein wird. Dieser Stein ist in der Lage, dir über diese Grenze hinaus zu helfen, die wir leider nicht überqueren können.«

Sie steckte den Stein ein und verabschiedete sich von ihren neuen Freunden, die ihr noch den Weg zu Ert beschrieben. Die Dunkelheit brach nun schnell herein. Anin musste sich einen Platz suchen, wo sie die Nacht verbringen konnte. Sie streckte ihre Hand in Richtung der Sterne, sie waren greifbar nah und doch so weit weg. Ob die Sterne Namen haben? Sie überlegte sich die schönsten Namen für die hellsten Sterne und in ihrer Vorstellung sprang sie von einem Stern zum anderen. Sie bemerkte gar nicht, wie müde sie dabei wurde. Und mit dem Gedanken, bei den Sternen zu sein, schlief sie ein.

Glowas

Ihr Schlaf hielt jedoch nicht lange an, denn sie wurde von einem grellen Blitz aus ihren Träumen gerissen. Sie schreckte hoch und sah in einiger Entfernung ein helles Licht auf und abwärts huschen. Anin richtete sich auf, rieb sich den Schlaf aus den Augen und ging darauf zu. Als sie ein paar Schritte in Richtung des Lichts getan hatte, war es verschwunden, als sei es erloschen. Anin nahm aus ihren Augenwinkeln erneut ein Flackern wahr, irgendetwas schien sie zu beobachten. Blitzschnell drehte sie sich um, jedoch vergebens, Dunkelheit. Bis auf den Schein der Sterne war nichts weiter zu sehen.

Was konnte das gewesen sein? Nun blinkte direkt vor Anin ein Licht auf, es war, als ob es Fangen spielen wollte. Anin verstellte sich und tat einfach so, als würde sie es nicht bemerken. In einem Moment der Unachtsamkeit drehte sie sich schnell um und versuchte das Licht zu fangen. Bei diesem Versuch blieb sie an einer Wurzel hängen, die sie im Dunkeln unmöglich sehen konnte, und somit machte sie erneut Bekanntschaft mit dem weichen, nassen Moos. Als sie ihren Kopf hob und die Augen aufschlug, konnte sie gar nicht fassen, was sie sah.

Um Anin herum war es plötzlich taghell. Es handelte

sich nicht mehr nur um ein kleines Licht, sondern es kam Anin vor, als ob Millionen von Lichtern aneinandergereiht waren, die die Nacht wie sonnendurchflutet erscheinen ließen. Für kurze Zeit kam ihr der Gedanke, dass es sich um Sternenstaub handeln müsse, allerdings verwarf sie diesen Gedanken wieder recht schnell, denn warum sollte Sternenstaub mit ihr Fangen spielen?

»Hallo, mein Name ist Glowin der Allererste«, hörte sie ein beachtlich helles Lichtlein sagen. »Wir sind Glowas.«

Anin war sprachlos. »Ich habe noch nie zuvor von euch gehört«, gab Anin zu verstehen.

»Das kann gut sein«, antwortete Glowin der Allererste. »Normalerweise traut sich niemand so weit hinaus, wie du es getan hast. Hier sieht man sonst fast keinen. Ab und an kommt mal der eine oder der andere vorbei, aber nicht, um mit uns zu sprechen, sondern, um Ert zu finden.«

»Ist er denn hier in der Nähe?«, wollte Anin wissen.

»Ja, gar nicht weit von hier, wir können dir den Weg leuchten.«

Anin sah sich um und ihr schossen Tränen in die Augen, denn so etwas Schönes hatte sie noch nie zuvor gesehen. Sie wollte stark sein, konnte ihre Gefühle jedoch nicht verbergen. Eine Träne kullerte ihr aus dem Augenwinkel, und beim Herunterfallen brach sich das Licht in ihr, sodass es aussah wie ein winziger Regenbogen.

»Warum weinst du?«, fragte Glowin der Allererste.

»Ach, es ist nichts weiter«, entgegnete Anin und versuchte abzulenken. »Wisst ihr eventuell auch, wo ich Sternenstaub finden kann?«

»Leider nicht!«, sagte Glowin, fast ein bisschen traurig, ihr nicht helfen zu können. »Aber vielleicht kann Ert dir dabei behilflich sein, komm, wir führen dich zu ihm.«

Somit setzten sie die Reise gemeinsam fort. Umgeben von einem Lichtermeer, welches aussah wie Tausende von Kerzen, die hin und her flackerten, begaben sie sich schließlich zu Ert. Je näher sie ihm kamen, umso besser ging es Anin. Sie fühlte sich schon längst nicht mehr alleine, sondern merkte, dass sie in jeder aussichtslosen Situation Unterstützung fand. Es gab immer einen Ausweg, sie war sich ganz sicher, auf dem richtigen Weg zu sein, obwohl sie die Orientierung bereits vor einer ganzen Weile verloren hatte. Zurückfinden würde sie wohl nicht, aber wozu auch, es musste vorangehen.

Einem der Glowas, nämlich Glowin dem Allerersten, gelang es, sich unbemerkt in Anins Tasche zu verstecken, nachdem sie sich schon voneinander verabschiedet hatten. Er wollte Anin unbedingt auf ihrer Suche begleiten. Dabei nahm er in Kauf, seine gewohnte Umgebung und seine Freunde zurückzulassen. Aber er hatte schon immer von einem großen Abenteuer geträumt, einem Abenteuer, von dem man viel später noch erzählen würde. Und schließlich könnte er ja jederzeit zurückkehren. Er brauchte nur zu warten, bis es dunkel wurde, und dem Licht folgen. Überzeugt von seiner genialen Idee versteckte er sich also. Vielleicht hätte er auch einfach fragen können, ob er Anin begleiten durfte, doch diese Idee kam ihn gar nicht. Schließlich war es ein Abenteuer, und so sollte es für Glowin den Allerersten dann auch beginnen.

Ert – der Weise

Nun stand sie vor Ert, dem Weisen, der alles wusste. Anin war sehr aufgeregt und nervös. Was, wenn sie die Prüfung nicht bestehen würde, was, wenn er sie nicht empfangen würde. All diese Gedanken kreisten ihr durch den Kopf. Aber konnte das überhaupt misslingen, fragte sie sich.

»Ich bin bereits so weit gekommen, habe so viele Strapazen auf mich genommen, dann kann es an dieser Stelle wohl nicht zu Ende sein. Im Gegenteil, mit etwas Glück fängt jetzt alles an.« Mit diesem Gedanken kletterte sie über die enorm große Wurzel am Fuße des Baumes und verschaffte sich Zutritt. Im Inneren des Baumes war es sehr dunkel. Man konnte gar nichts erkennen. Wie sollte man hier nur irgendetwas finden, geschweige denn einen Weg. Die positiven Gedanken, die sie soeben noch hatte, verloren sich schon wieder. In diesem Moment lugte Glowin der Allererste aus ihrer Tasche und grinste sie an. »Bereit für Abenteuer«, sagte er, und zeitgleich erschien das Innere des Baumes in hellem Licht. Weit jedoch konnte man nicht sehen, denn die Gänge verzweigten sich über mehrere Ebenen. »Nun gut«, sagte Anin zu Glowin dem Allerersten. »Wo soll es lang gehen?«

Überwältigt, dass Anin ihm die Entscheidung

überlassen wollte, sagte er ganz selbstbewusst: »Nach links, nein, nein, ich meinte rechts.«

»Bist du dir da ganz sicher?«, fragte Anin das Leuchtwesen, worauf dieses sehr leise antwortete: »Vielleicht doch lieber links.«

Da sie den Weg nicht kannten, war es völlig egal. Sie gingen nach links, geradeaus, nach rechts und das Ganze mehrmals, und nach einiger Zeit stellten sie fest, dass sie wieder am Eingang waren. Dann hatte Glowin der Allererste eine Idee. Er war kurz weg, jedoch Sekunden später kam er mit ein paar Freunden zurück. Anin vermutete, was er vorhatte. Die Glowas postierten sich an jeder Ecke, somit wussten sie genau, wo sie waren. Sie gelangten immer tiefer ins Innere des Baumes. Er musste unglaublich alt sein. Was dieser Baum alles erlebt haben musste, konnte Anin nur erahnen. Sie war fest davon überzeugt, wenn ihr einer helfen konnte, dann nur dieser Baum. Eine Weile später blieb nur noch ein langer Gang übrig, den sie noch nicht erkundet hatten. Am Ende des Flurs befand sich ein Zimmer, das durch eine Tür verschlossen war. Anin näherte sich dieser Tür. Sie hatte erwartet, dass sie irgendein Rätsel lösen oder einen versteckten Mechanismus betätigen musste, damit diese aufging. Aber die Tür öffnete sich von selbst, als Anin darauf zuging und anklopfte.

»Herein!«, vernahm sie eine fast jugendlich klingende Stimme. Das sollte Ert, der Älteste und Weiseste von allen sein? Anin konnte es nicht glauben.

»Setz dich, Anin«, sagte diese jugendliche Stimme. Der Raum war von einem blauen fluoreszierenden, ja fast neonfarbenen Licht, das in eine Nebelwolke eingehüllt war, erhellt. Aus dieser Nebelwolke trat ein jungenhaft aussehendes Wesen in menschlicher Gestalt hervor, zu dem die jugendliche Stimme passte. Anin wollte gerade erzählen, was sie zu ihm führte, doch das brauchte sie gar nicht. Sein Ruf machte Ert alle Ehre. Er wusste bereits, warum Anin da war, und hatte sich vorbereitet.

»Anin, ich habe ein Geschenk für dich. Ich habe dir einen Talisman anfertigen lassen, der es dir ermöglicht, über Welten hinaus sehen zu können. Es bedarf keinerlei Erklärung von mir, du wirst es selber herausfinden und anfangen zu verstehen. Deine Suche ist noch nicht beendet, und darum muss ich dich weiterziehen lassen. Ich weiß, du bist eines Tages in der Lage und dazu bereit, alles zu verstehen, aber nun es ist noch zu früh. Dieser Talisman wird dir in regelmäßigen Abständen ein Signal senden, nutze es. Lasse dich fallen und blicke in den Spiegel der Erinnerung, deiner irdischen Vergangenheit.«

Neben den Lichtern, die den Raum fluteten, nahm Anin einen Geruch war, den sie nur zu gut kannte. Es war der Rosenduft, der sie immer begleitete. Nur woher kam er? Anin wollte gerade zu einer Frage ansetzen, jedoch kam Ert ihr zuvor. »Anin, ich kann dir leider nicht den Weg weisen. Du musst den Sternenstaub alleine finden, so wie du dich finden musst. Hab Geduld, du wirst sehen, schon bald wird dir vieles klar sein, schon bald wirst du verstehen, was das alles zu bedeuten hat!«

»Aber warum soll ich so lange warten?«, fragte Anin und hielt den Kopf gesenkt. »Wozu habe ich Flügel, wenn ich nicht fliegen kann? Warum erscheine ich für den Bruchteil von Sekunden in hellem Glanz, der dann gleich darauf wieder erlischt?«

Natürlich hätte Ert, der Weiseste aller, diese Frage mit Leichtigkeit beantworten können, allerdings wäre damit die Reise von Anin abrupt zu Ende gewesen. Und alles, was sie noch erleben sollte, würde im Verborgenen bleiben. Das konnte und wollte Ert nicht verantworten. Denn es warteten noch Erlebnisse auf Anin, die sie nicht verpassen durfte. Ert kannte wegen seines hohen Alters nicht nur die Vergangenheit, sondern er wusste auch, was in der Zukunft geschehen würde. Natürlich konnte er auch vorhersehen, dass alles gut werden würde, denn für ihn waren die Geschichten bereits geschrieben.

»Diese Fragen wirst du dir selber beantworten müssen«, sagte Ert der Weise, und das Licht begann etwas dunkler zu werden. Im neonfarbenen Licht sah Glowin der Allererste übrigens aus wie eine blaue Leuchtkugel, denn er reflektierte das Licht der Umgebung. Schließlich erlosch das Licht gänzlich, Glowin der Allererste und Anin fanden sich plötzlich außerhalb des Baumes wieder. Es war kein Eingang mehr vorhanden, so als ob nie einer da gewesen wäre.

Anin zuckte kurz zusammen und schaute ganz

aufgeregt auf ihr Handgelenk, an dem sie den Talisman befestigt hatte. Das Armband war noch da. Sie konnte es nicht bewegen, es schien fest mit ihr verschmolzen zu sein. Sie versuchte noch ein paar Mal, das Armband zu verschieben, aber es rührte sich keinen Millimeter. Es leuchtete ähnlich wie der Raum, in dem sie sich gerade befunden hatten. Noch hatte sie keine Ahnung, was das Armband bewirken sollte, sie würde es aber schon bald erfahren. »Ich habe noch so viele Fragen, aber wer soll mir diese denn nun beantworten?«

Etwas enttäuscht ließ Anin sich zu Boden sinken. Zumindest wusste sie jetzt, dass sie auf dem richtigen Weg waren. Auch wenn die Müdigkeit sie einholte, hatten sie vor, noch eine Weile zu gehen, denn sie wussten nicht, wie weit es noch sein mochte. Sie hatten den Gedanken noch gar nicht ganz zu Ende gedacht, da schliefen sie beide vor Erschöpfung ein, ohne darauf zu achten, wo sie sich zur Ruhe betteten.

Der Spiegel der Erinnerung

Anin wurde von einem sanften Druck am Handgelenk geweckt. Ihr Armband, an dem sie den Talisman befestigt hatte, leuchtete so hell, dass es Anin vorkam, als würde die Umgebung strahlen. Sie blickte auf den Talisman an ihrem Armreif. Es war so, als blickte sie in einen Spiegel. Anfangs noch etwas verzerrt, aber das Bild wurde immer klarer. Sie schaute in eine andere Welt. Die Bilder, die sie sah, zeigten eine Gruppe junger Leute in einem Raum. Im Eingangsbereich befand sich ein Schild, auf dem in bunten Lettern »Willkommen zum Lach-Yoga« stand. Kleingedruckt unter diesem Text war »Bitte gute Laune mitbringen« zu lesen. Anin fragte sich, was damit gemeint war. Zwar konnte sie mit dem, was sie erblickte, nicht viel anfangen, aber dennoch wirkte alles so nah … so, als wäre sie ein Teil der Szene.

Sie schaute weiter zu und beobachtete diese Gruppe junger Menschen. Es schien so, als würden sie gar nicht miteinander sprechen, aber sobald jemand ansetzte, etwas zu sagen, brach die ganze Gruppe in Gelächter aus. Es herrschte eine sehr fröhliche Atmosphäre. In der Mitte eines Tisches lag eine Puppe. Sobald einer der Teilnehmer dieser Gruppe auf den Bauch der Puppe drückte, begann diese lauthals zu lachen, und mit ihr alle Menschen ringsum. Es war urkomisch. Anin konnte nicht mehr innehalten, und aus einem Lächeln wurde ein Lachen – das hatte man von Anin lange nicht vernommen, obwohl sie ein sehr lebensfrohes Wesen war. Nun, da Anin von der irdischen Welt ein paar Eindrücke gewonnen hatte, wollte sie unbedingt noch mehr davon kennenlernen. Als eine der Teilnehmerinnen etwas sagte, konnte Anin die Lippen synchron bewegen. Leise flüsterte sie genau das, was auf der irdischen Welt in der Gruppe gerade erzählt wurde. Sie musste schon einmal dort gewesen sein, wie sonst hätte sie mitsprechen können und warum sollte ihr alles so vertraut vorkommen? Aber das Spiegelbild wurde trüber und erlosch schließlich. Sie drückte auf ihr Armband, als ob sich dort ein Knopf zum Abspielen befinden würde. Nichts geschah. Was hatte sie da genau gesehen, wer waren diese Personen, die sie beobachtet hatte?

Diese Fragen sollten noch warten müssen. Sie erinnerte sich an die Worte von Ert, dass das Armband in bestimmten Intervallen einen Impuls sendete, Sie müsse Geduld haben. Es war wohl so, dass nicht alle Antworten auf einmal zu bekommen waren, und somit sagte sie sich, dass es beim nächsten Mal vielleicht ein wenig klarer für sie sein würde, mit wem sie es zu tun hatte.

Anins Aufmerksamkeit richtete sich auf eine Person in der Gruppe. Es war eine junge Frau, und bei ihrem

Anblick musste sie unweigerlich an die Geschichte denken, die sie noch immer mit sich trug: die Geschichte des kleinen Engels, der sich aufmachte, einen Berg zu bezwingen. Sie erinnerte sich gelesen zu haben:

»Ich flieg den Berg einfach hinauf!«, beschloss sie. Jedoch kam etwas dazwischen, sie wurde krank. Nein, nicht etwa durch einen Schnupfen oder Ähnliches. Nein, sie wurde so krank, dass ihr schließlich sämtliche goldfarbenen Federn ihrer Flügel ausfielen.

Genau an diese Stelle musste Anin beim Anblick dieser Frau denken. Denn sie hatte gesehen, dass sie im Gegensatz zu den anderen Personen gar keine Haare hatte, genau wie der kleine Engel, der seine goldene Federpracht verloren hatte. Ob sie krank war und auf der Suche nach neuer Kraft, genau wie Anin?

Anin schaute sich ihr Armband an, welches mit ihr verschmolzen schien. Manchmal glänzte es und wechselte im Licht sogar die Farben. Mal war es magisch blau, mal rosa, und manchmal hatte es auch verschiedene Farbtöne, die sich vermischten. Bei genauem Hinsehen konnte man sogar einen Schriftzug, der den kompletten Reif zierte, wahrnehmen – nur dieser war verblasst, und Anin konnte nicht erkennen, was dort stand.

»Ich nenne dich ›Spiegel der Erinnerung‹«, sagte Anin, so wie Ert es vorgeschlagen hatte, denn sie begriff, dass sie unmittelbar in Berührung mit der Person auf der anderen Seite stand. Sie kannte ihre Gedanken und fragte sich, ob exakt diese Person auch Anin sehen konnte. Vielleicht würde sie ja in diesem Augenblick von ihr gerufen, und sie konnte sie nicht hören. Diesen Gedanken mochte Anin nicht so sehr, denn natürlich würde sie diese Frau sehr gerne kennenlernen, und selbstverständlich würde sie antworten, wenn sie gerufen würde. Ja, daran gab es keinen Zweifel.

Anin schaute sich um und lächelte zufrieden. Sie musste immer noch an diese fröhliche Gruppe, die sie in der anderen Welt gesehen hatte, denken und konnte es nun kaum abwarten, bis der Talisman, der an ihrem Armband befestigt war, sich erneut melden würde.

Glowin zerrte an Anin herum. »Anin, wir müssen weiter, es dämmert schon.« Wie recht Glowin hatte. Sie hatten schließlich noch einen langen Weg vor sich, und niemand konnte wissen, was sie noch erwarten würde.

Parone – der farbenprächtige Pfau

Parone war ein farbenprächtiger Pfau, der wachend über Anin kreiste, allerdings bemerkte sie es nicht. Sie hatte ständig das Gefühl, beobachtet zu werden, doch sie wusste nichts von Parone, denn er flog so hoch, dass man ihn selbst mit einem Fernglas nicht hätte sehen können.

Der größte Teil seiner Federpracht war blau, und die Schwanzfedern waren weit über dreihundert Zentimeter lang. Die Musterung auf seinem prachtvollen Federkleid erinnerte an Augen, nur dass bei diesem Pfau die Augen nicht nur zur Verzierung dienten, denn Parone konnte tatsächlich mit ihnen sehen. Die Augenfarbe war bei jedem Paar anders.

Auf diese Weise konnte Ert, obwohl er weit entfernt von Anin war, zu jeder Zeit beobachten, was sie gerade machte oder ob sie sich vielleicht in Gefahr befand, denn er konnte sehen, was Parone der Pfau sah.

In Geschichten erzählt man sich, dass der Pfau in Wirklichkeit der weiseste aller Weisen sei, nämlich Ert selbst. Denn dieser Weise soll schon da gewesen sein, bevor es überhaupt Menschen gab. Das würde erklären, warum er allwissend war. Er solle in Form einer prächtigen Vogelart existiert haben, nämlich dieses Pfaus. Darüber hinaus hatte er die Fähigkeit, sich nicht nur auf einen Körper zu beschränken, denn es waren insgesamt drei Körper, die sich zu diesem einen Pfau verschmelzen konnten. Getrennt konnten sie in jede Gestalt schlüpfen, die sie wollten. Und einer der Körper hatte die Gestalt eines jugendhaften Mannes angenommen. Eben jener Mann, der als allwissend bekannt war und sogar die Fähigkeit besaß, in die Zukunft zu schauen.

Der Pfau war somit das älteste Lebewesen, das existierte. Zeit war für ihn bedeutungslos, er konnte auch nicht sagen, wie lange es ihn schon gab, er lebte im Hier und Jetzt. Bemerkenswert war sein Erinnerungsvermögen, denn er vergaß niemals etwas. Ähnlich wie bei einem Baum, in dessen Rinde man seine Initialen einritzte, die für alle Zeit sichtbar blieben.

Der Pfau hatte wirklich schon viel gesehen, und konnte sich somit auch sehr gut auf jemanden einlassen. Normalerweise war er nur tagsüber unterwegs und ruhte in der Nacht. Aber es war ihm möglich, auch bei Nacht umherzufliegen und die Gegend zu erkunden. Seine Augen, die zahlreich im Gefieder angeordnet waren, funktionierten dabei wie Nachtsichtgeräte. Und somit konnte er aus enormer Höhe auch jedes noch so kleine Detail erkennen.

Er schöpfte seine Kraft aus der Freude und dem Mut anderer, und solange es diese Freude gab, würde er auch fortan bestehen können. Deshalb brauchte er keine Nahrung im herkömmlichen Sinne, und er lebte schon seit Jahrhunderten.

Waltoxi – der giftige Wald

Waltoxi, der giftige Wald, lauerte voller Gefahren. An jedem Busch, an jeder Blüte, sogar in den Gräsern am Boden waren Stacheln verborgen, die, wenn man sie berührte, äußerst schmerzhaft sein konnten. Zudem wirkte das Gift dieser Pflanzen in Sekunden, man wurde gelähmt und konnte sich nicht mehr bewegen.

Anins Weg führte genau durch diesen Wald. Es war eine weitere Prüfung, aber auch diese sollte sie bestehen.

Anin nutzte den Stein der Uflags, um sich unsichtbar zu machen. Anscheinend ging ihr Plan auf, denn die Blätter und Äste streckten sich nicht mehr nach ihr aus, es war wohl so, dass ihre Opfer sichtbar sein mussten. Leise schlich Anin über den Boden – in ständiger Angst, auf irgendetwas zu treten, doch hatte sie Glück. Sie bahnte sich den Weg durch den finsteren und kargen Wald, und bei jedem Schritt seufzte sie leise. Es war ein Seufzen der Erleichterung.

Kurz bevor Anin ein Hindernis übersteigen wollte, denn direkt vor ihren Füßen lag ein abgestorbener, morscher Ast, rutschte sie auf dem glitschigen, mit Tau bedeckten Boden aus, und der Stein, der ihr die Fähigkeit verlieh, sich zu tarnen, glitt ihr aus der Hand. Sie drohte hinzufallen, direkt auf den Boden, der ihr Verhängnis sein konnte. Es gelang ihr aber, sich abzustützen. Der Stein jedoch plumpste mitten in einen Busch, der voller Stacheln war. Es war eine Mischung aus einer wunderschönen Blume und einem stacheligen Kaktus. An den Enden der Stacheln waren Widerhaken, somit gab es für den Betroffenen keine Chance, diese zu entfernen.

Für Anin war es unmöglich, an den magischen Stein zu gelangen. Zu groß war die Gefahr mit diesen Stacheln in Berührung zu kommen. Anin war nun wieder sichtbar, und die Stacheln richteten sich in ihre Richtung aus. Zudem nahm Anin wohlduftende Gerüche wahr, die sie fast in Trance versetzten.

»Anin, sei wachsam«, hörte sie Glowin, ihren ständigen Begleiter, sagen. Zwischen den beiden hatte sich eine sehr starke Freundschaft entwickelt. Jeder war für den anderen da und sie passten gegenseitig aufeinander auf. Anin zuckte zusammen und war wieder ganz bei Sinnen. Aus dem Augenwinkel sah sie ihren Stein aufblitzen. Er funkelte in dem düsteren Wald. Nur schwer konnte sie sich mit dem Gedanken anfreunden, ohne ihren magischen Stein weiterzugehen, aber es gab wohl keine andere Möglichkeit. Sie beschloss, ihren Weg ohne ihn fortzusetzen. Gerade wollte sie ihren ersten Schritt wagen, da spürte sie einen Windhauch. Sie bekam eine Gänsehaut, traute sich dann aber doch, nach oben zu schauen.

Dort zog ein Pfau wachend über Anin seine Kreise. Als Ert Anin im Unglückswald sah, entschied er sich, etwas zu tun, was er noch nie zuvor getan hatte. Er verließ den ältesten aller Bäume, um Anin zu helfen. Er brauchte nicht einmal zu laufen, denn ein weiterer Pfau, ebenso prächtig und in seiner Farbenschönheit nicht zu übertreffen, setzte vor seinen Füßen auf. Er neigte sich, und Ert konnte aufsteigen. Er musste gar nichts sagen, denn die beiden Pfauen waren in Gedanken miteinander verbunden, und so wusste jeder vom anderen, wo er sich gerade aufhielt. Mit mächtigen Flügelschlägen erhob sich der Pfau in die Luft und nahm an Geschwindigkeit zu.

Dabei entstand eine wunderschöne Melodie, hinter dem Pfau bildete sich ein Silberstreif, der langsam mit seiner Umgebung verschmolz. Von unten sah es so aus, als ob es silberne Tropfen regnen würde. Dort, wo diese Tropfen auftrafen, entstanden farbenfrohe Blüten und Pflanzen.

Da sie in extremer Höhe unterwegs waren, hatte auch niemand je zuvor diese Pfauen gesehen, doch sie selbst sahen alles, denn sie nutzten ihr Federkleid, um ihre Gegend zu erkunden. Die Augen auf diesem Federkleid waren so scharf, dass sie aus unglaublicher Höhe jedes noch so winzige Detail wahrnehmen konnten. Und so war es auch diesmal. Bereits von Weitem nahm der Pfau die Energie, die vom anderen Pfau ausging, wahr. Sein Federkleid begann, ein wenig zu leuchten. Mit jedem Flügelschlag, mit dem die beiden Pfauen sich näherkamen, leuchtete ihr Federkleid heller. Nun konnten sie sich schon sehen. Die ganze Gegend fing an zu strahlen und es bildete sich ein heller Lichtkegel. Vom Himmel fielen silberne Tropfen und wollten den Wald in ein Blütenmeer verwandeln, doch das ließ der Wald nicht zu. Im Gegenteil. Alles Leben erlosch hier. So hatten auch die silbernen Tropfen keine Möglichkeit, zu etwas Wundervollem zu werden.

Die beiden Pfauen flogen direkt aufeinander zu und stießen schließlich zusammen. Dann geschah etwas, das ebenso wundervoll war wie das Farbenspiel, welches hoch über dem giftigen Wald herrschte. Die beiden Pfauen vereinigten zu einem noch prächtigeren Pfau. Anin kniff die Augen zusammen, das Licht blendete sie, und da spürte sie, wie etwas ihre Hand ergriff. Es war Ert, der sich im Sturzflug weit nach vorne lehnte, um Anins Hand zu packen. Dies gelang ihm, und er nahm Anin mit in die Lüfte.

Es hatte den Anschein, dass sie hier sicher waren. Doch aus dem Wald schlugen plötzlich tentakelartige Äste nach ihnen, und es war sehr schwer, ihnen auszuweichen. Glücklicherweise war Parone schnell genug und hatte bald eine Höhe erreicht, in der ihnen nichts mehr passieren konnte. Sie waren nun wirklich in Sicherheit. Sie flogen noch eine ganze Weile und genossen den Wind, der sich eiskalt auf der Haut niederschlug. Hier oben war niemand, man war völlig frei. Es war Anins Traum, fliegen zu können, und nun konnte sie es, zwar mithilfe ihres Begleiters, aber sie flog. Anins Prüfungen und auch ihre Abenteuer waren jedoch noch längst nicht vorüber. Es sollte noch einiges passieren, auf dem Weg, all ihre Kräfte zu erlangen und zu erfahren, wer sie war.

Im Laufe der Jahre hatte Ert schon vielen den richtigen Pfad gezeigt, aber niemals hat er seinen Baum gänzlich verlassen.

Ert brachte Anin bis zu einer Schwelle, die selbst er nicht überwinden konnte. Seine Kraft bezog er aus der Hoffnung und dem Mut und aus der Lebensfreude derer, die ihn besuchten und ihn umgaben. Doch über diese Hürde konnte er nicht springen, denn vor ihm lag Gibehl, auch bekannt als die graue Stadt.

Gibehl – die graue, farblose Stadt

Bevor Anin die Schwelle zur farblosen Stadt überquerte, schaute sie erneut in den Spiegel der Erinnerung, denn der Talisman, den sie am Arm trug, gab ein Signal von sich. Es war ein leichter Druck, den sie am Handgelenk wahrnahm.

Anin konnte es kaum abwarten. Voller Neugier blickte sie in den Spiegel, der sich vor ihr auftat. Sie sah wieder diese Frau, die sie bereits zuvor beim Lach-Yoga gesehen hatte. Die Haare waren etwas gewachsen, allerdings waren sie immer noch so kurz, dass sie gerade mal die Kopfhaut bedeckten. Die Frau war mit einer Gruppe junger Menschen unterwegs. Es war dunkel, und bunte Lichter zierten die Straßen. Anscheinend war es kalt, denn alle waren winterlich gekleidet. Die Gruppe stand in einer größeren Menschenmenge, und sie schienen allesamt Spaß zu haben. Es wurde gelacht und viel gesprochen. Im Hintergrund konnte man Musik hören. Am Rand des Marktplatzes, wo sich die Menschen befanden, spielte ein Musiker. Dieser Musiker konnte alle Instrumente zeitgleich spielen, das hieß, er sang und spielte zugleich Gitarre. Hin und wieder

gaben seine Füße einen Impuls und erzeugten einen Pau-
kenschlag, und in den Gesangspausen spielte er Mund-
harmonika. Er war eine Einmannkapelle. Anin kannte die
Lieder und summte leise zur Melodie mit. Sie sah dann,
wie schließlich wieder alle ihrer Wege gingen, auch die
junge Frau verließ zufrieden den Marktplatz.

Anscheinend hatte diese Frau sehr viel Spaß und lebte
einfach gerne. Sie war voller Freude und steckte damit
ihre Umgebung an. Diese Energie wollte Anin auch
haben – und dabei hatte sie diese Energie doch schon
längst. Auch sie wollte mit ihrer Lebensfreude andere an-
stecken, und so machte sie sich auf, um Farbe in diese
graue Stadt zu bringen.

Kaum dort angekommen, lief auch schon ein kleines
Mädchen auf Anin zu. Sie war ziemlich hektisch und sehr
in Eile.

»Komm schnell mit, ich zeige dir, wo es lang geht.«

Anin entschloss sich, mitzugehen, warum auch nicht?
Das Mädchen machte auf sie einen netten Eindruck und
strahlte eine gewisse Wärme aus. So spürte Anin, dass sie
ihr folgen musste, und das tat sie dann auch. Sie liefen
über eine betongraue trostlose Straße, entlang an ebenso
grauen Häusern. Wie sollte man nur erkennen, wo man
gerade war? Es sah alles gleich aus.

»Nach einer Weile findet man sich gut zurecht«, sagte
das Mädchen etwas außer Atem, da sie schnellen Schrittes
liefen. »Mein Name ist Kubu, es ist eher ein Spitzname,
den mir meine Freunde gegeben haben.«

»Wofür steht denn Kubu?«, wollte Anin wissen.

»Kubu steht für kunterbunt, denn das ist, was ich für diese Stadt will ... ich möchte, dass sie kunterbunt wird«, sagte Kubu. »Jedes Mal, wenn ich versuche, diese Stadt zu verändern, indem ich kunterbunte Bilder an die Häuser male, sind sie tags darauf wieder verschwunden. Ich bräuchte weitere Hände, die mir helfen, das würde alles viel einfacher machen.«

Anin fragte: »Bist du denn ganz alleine, also die Einzige, die versucht, die Stadt bunt zu machen?«

Kubu erwiderte: »Ich habe zwar viele Freunde, aber niemand traut sich, mir zu helfen.«

»Ich kann dir helfen«, gab Anin zurück.

Nun war es nicht mehr weit. Eine ziemlich steile Treppe führte hinunter, Anin kam anfangs ein wenig ins Stolpern, nahm zwei bis drei Stufen auf einmal, doch dann fing sie sich und es ging weiter.

Kubu stand vor einer großen Holztür. Sie nahm einen Schlüssel und öffnete die Tür. Mit einem Knarren schob sie sie auf, und beide betraten einen großen Raum. Der Raum hatte sehr hohe Decken, und es stapelten sich Behältnisse mit Farben bis unter die Decke.

»Wo hast du diese ganzen Farben her?«, fragte Anin.

»Ich stelle sie aus Naturprodukten selber her, denn hier gibt es normalerweise keine Farben«, antwortete Kubu.

Anin wollte unbedingt wissen, wie man Farben herstellen konnte, und Kubu erklärte, wie sie es machte. Fast stolz sagte sie: »Es ist im Prinzip sehr einfach, man braucht nur drei Elemente dafür. Zum einen Farbpigmente, dann etwas zum Binden und einen Trägerstoff, und aus diesen Mitteln stelle ich Farben her.«

Für die Pigmente nahm Kubu sehr feine Erden. Um diese feinen zerriebenen Erden zu binden, benutzte sie manchmal Zuckerwasser. Aber auch Eigelb oder manchmal sogar Bienenwachs eigneten sich hervorragend. Als Trägerstoff nahm sie schließlich Wasser. Somit konnte sie die schönsten Farben aus dem Baukasten der Natur herstellen. Und das tat sie auch. Sie hatte alles im Laufe der Zeit so perfektioniert, dass sie es sogar schaffte, Farben herzustellen, die Muster ergaben. So konnte sie mit einem Pinselstrich einen Regenbogen malen. Anin versuchte nun, selbst eine Farbe zu kreieren. Sie zerrieb ein paar getrocknete Pflanzen und einige Gewürze und dann fügte sie ein wenig Leinöl hinzu.

Es entstand eine leuchtende Farbe, die ein besonderes Licht abgab. Kubu war begeistert.

»Wie hast du das gemacht?«, wollte sie wissen.

Anin hatte keine Antwort auf diese Frage, jedoch konnte sie es kaum abwarten, ihre Farbe auf den grauen Wänden zu verteilen.

Sie mischten noch viele Farben in den schönsten Tönen an, es war ein Farbspektrum, wie man es sich kaum vorstellen konnte. Die Farben schienen allesamt ineinander zu verlaufen. Eine war schöner als die andere, und sie leuchteten in verschiedenen Abstufungen. Als die Stadt zu schlafen schien, machten sich die beiden auf den

Weg. Bepackt mit ihren Farben gingen sie die Straßen entlang und hüllten die Stadt in ein buntes Farbenspiel. Tags darauf wollten sie ihr Werk bewundern, jedoch waren alle Wände wieder karg und grau.

»So schaffen wir das nie«, sagte Kubu.

»Stimmt, es scheint so, als würde jemand alles wieder wegwischen. Ich habe eine Idee, wir besorgen uns Hilfe.«

Mit diesen Worten weihte Anin Kubu in ihr Geheimnis ein und erklärte, was sie eigentlich vorhatte. Denn nun brauchte sie etwas Hilfe von einer Freundin, die sie auf ihrer Suche bereits kennenlernen durfte. Sie wusste nur noch nicht, ob ihr Vorhaben gelingen würde.

Die kleine Wolke Frau Pause

Anin versuchte, ihre Freundin, die kleine Wolke Frau Pause, zu erreichen. Doch wie sollte sie das anstellen? Schließlich konnte sie trotz ihrer wundervollen Flügel nicht fliegen. Den Gedanken noch gar nicht ganz zu Ende gedacht, kam Glowin ins Spiel. Er grinste Anin an und fragte: »Kann ich behilflich sein?«

Anin erzählte, was sie vorhatte, wobei Glowin bereits alles mitbekommen hatte, aber er gab sich Mühe, so zu tun, als wüsste er von nichts. Er stimmte Anin zu und machte sich auf den Weg zu Frau Pause. Das war für Glowin gar nicht schwer, denn er konnte so hoch hinaus, wie er wollte.

Es dämmerte schon ein wenig, und so konnte Anin ihrem Freund und ständigen Begleiter noch lange hinterherschauen, denn Glowin tauchte die Umgebung in ein schimmerndes Licht, das von Weitem aussah, als würde eine Kerze tanzen. Zufrieden schlief Anin ein. Tags darauf wurde sie von einem samtenen Windhauch geweckt. Es war die kleine Wolke Frau Pause. Anin sprang auf und mit einem Satz ließ sie sich auf die kleine Wolke fallen. Sie landete wie in einem Federbett, so weich und kuschelig. Die kleine Wolke war sehr froh, Anin wiederzusehen. Seit der letzten Begegnung schien Anin schon sehr viel stärker geworden zu sein. Die kleine Wolke wusste von ihrem Vorhaben und fragte Anin, ob sie schon Sternenstaub gefunden hätte, doch leider musste Anin das verneinen.

»Nicht so schlimm, das wird schon noch«, gab die kleine Wolke mit einer Leichtigkeit von sich, dass man ihr einfach nur glauben musste. Bevor Anin die kleine Wolke in ihren Plan einweihte, stellte sie ihr Kubu vor.

Kubu war natürlich sehr neugierig und fragte tausend Sachen. Aber am meisten war sie interessiert zu erfahren, wo der Name der kleinen Wolke »Frau Pause« herkam. Daraufhin erzählte die kleine Wolke ihre Geschichte, und auch Anin und Glowin hörten gespannt zu.

Frau Pause war eine ganz besondere Wolke, immer hilfsbereit, überall beliebt und sehr herzlich – außerdem unterrichtete sie andere Wolken.

Alle mochten unsere ehrgeizige Frau Pause – aber wie kam sie eigentlich zu ihrem Namen?

Jedes Mal, wenn sie unterrichtete und es zur Pause läutete, sagte sie: »So, Pause, wir sehen uns gleich wieder.« Aber sie selbst arbeitete weiter. Das sprach sich herum, und immer, wenn es Zeit für die Pause wurde, wussten alle, dass Frau Pause weitermachen würde – so kam sie zu ihrem Namen. Aber das nur nebenbei. Sie war sehr glücklich.

Eines Tages jedoch versuchten kleine Gewitterwolken, die gute Laune und das Glück von Frau Pause zu beeinträchtigen, und als Frau Pause eines Morgens aufwachte, hatte sie überall dunkle Flecken – so wie Gewitterwolken sie eben haben. Sie fing an zu weinen und es begann stark zu regnen, jedoch wurde sie diese dunklen Flecken, die sie zur Gewitterwolke machten, nicht los. Unten auf der Erde wusste allerdings niemand, warum es plötzlich regnete.

Doch da Frau Pause überall sehr beliebt war, dauerte es nicht lange, und es trafen ein paar Wolkenhelfer ein. Es waren komische Gestalten, die ein wenig gewöhnungsbedürftig aussahen, aber schließlich kamen diese Helfer mit einem Himmelbett und brachten Frau Pause ins Himmelsschloss. Dort angekommen, war sie natürlich sehr verunsichert, und es dauerte einige Zeit, bis sie sich mit der neuen Situation vertraut gemacht hatte. Hier wollte man ihr also helfen, aber wie nur?

Nach ein paar Tagen der Eingewöhnung traf sie vier weitere Wolken, die ebenfalls von Gewitterwolken befallen waren. Alle freundeten sich in kürzester Zeit miteinander an und unternahmen fortan fast alles zusammen.

Eines Abends machten sie sich sogar gemeinsam auf den Weg zur Erde und nebelten einen ganzen Weihnachtsmarkt ein. Ja, sie hatten immer sehr viel Spaß und freuten sich jeden Tag sehr aufeinander. Aber, wie es so ist, als sich die Gewitterwolken nach einer Weile verzogen hatten – denn diese erkannten, dass sie nun keine Chance mehr hatten –, nahte auch der Tag des Abschieds.

Alle freuten sich natürlich sehr auf ihre heimische Umgebung, besonders Frau Pause war ganz aufgeregt und konnte ihre erste Unterrichtsstunde kaum erwarten.

Alle haben heute noch Kontakt zueinander, und Frau Pause hat für sich mitgenommen, dass sie zwar eine schwere Zeit durchgemacht hat, doch gerade in dieser Zeit tolle Freundschaften schließen durfte, mit Freunden für immer!

Alle waren begeistert. »Wie schön«, sagte Kubu, und ihre Augen waren etwas feucht. Glowin leuchtete sehr hell vor Aufregung. Anin war natürlich auch sehr angetan. »Trotzdem bin ich bestimmt nicht wegen meiner Geschichte hier«, sagte die kleine Wolke.

»Nein, das bist du nicht, wobei die Erzählung sehr schön war«, antwortete Anin.

Und dann legte Anin ihren Plan offen. Sie zeigte der kleinen Wolke all die Farben, die Kubu und sie selbst aus der Natur hergestellt hatten. Es gab alle Arten von Farbtönen und sogar Mischfarben, die bereits beim Auftragen ein Muster ergeben sollten. Die Farben leuchteten unterschiedlich stark.

»Wir haben vor, diese Farben flüssig zu machen und sie dann von der Sonne verdampfen zu lassen.«

Die kleine Wolke stutzte ein wenig. »Wie kann ich dabei helfen?«

»Sobald der Nebeldampf emporsteigt, könntest du ihn vielleicht einsammeln, und wenn alles aufgesammelt ist, lässt du Farben vom Himmel regnen.«

Diesen Plan fand die kleine Wolke fantastisch. »Oh ja, das machen wir. Wann geht es los?«

»Wenn alle Einwohner sich draußen aufhalten«, sagte Anin. Und das sollte schon bald sein, denn tags darauf würde eine Versammlung stattfinden, um die »Farb-schmierereien«, wie die Bewohner Kubus Kunst nannten, zu beseitigen.

Die Versammlung rückte näher und Anin hatte alles vorbereitet. Am Himmel kreiste eine Wolke, die sehr viel Ähnlichkeit mit einem Regenbogen hatte. Als die Versammlung in vollem Gang war, fing es an zu regnen. Es war kein gewöhnlicher Regen. Es regnete die schönsten Farben vom Himmel, und diese legten sich über Häuser und Fassaden und bedeckten die Stadt mit einem farben-prächtigen Kleid. Sogar die Bewohner selbst bekamen etwas von der Farbe ab. Anfangs beschwerten sich viele. Doch schließlich fanden alle Gefallen daran. Besiegt war die Eintönigkeit. Die Stimmung stieg, und die ersten Menschen fingen an zu jubeln. Sie lachten und tanzten und freuten sich über die Farbenpracht, die über sie hereinbrach. So etwas Schönes hatten sie lange nicht ge-sehen, und so wurde aus der eintönigen Stadt Gibehl die farbenfrohe Stadt Gibehl.

Als ob das noch nicht genug war, wandelte sich der Regen in silberne Tropfen, und sobald diese den Boden berührten, wuchsen daraus riesig große Blumenwiesen.

Hoch oben über ihnen zog Parone mit mächtigen Flügelschlägen seine großen Kreise. Nun konnte er sich getrost der Stadt Gibehl nähern, denn hier gab es nichts mehr, was ihm Schaden zufügen konnte. Im Gegenteil, er konnte Kraft aus der Freude der Menschen schöpfen.

In nur wenigen Stunden verwandelte sich die Stadt zu

etwas ganz Neuem. Kubu standen Tränen in den Augen. Sie konnte ihr Glück kaum fassen. Auch Anin war sehr froh. Sie erinnerte sich an das Mädchen, das sie durch den Spiegel gesehen hatte und das alle mit ihrer Freude ansteckte, und genau das hatte Anin nun auch geschafft. Sie dachte bei sich, dass sie der Frau schon sehr ähnlich war, und sie freute sich auf die nächste Begegnung. Diese sollte allerdings noch etwas auf sich warten lassen.

Inetra – der dunkle Irrgarten

Nachdem Anin die Stadt Gibehl, deren Bewohner nun mit Freude erfüllt waren, verlassen hatte, steuerte sie auf einen Bogen zu, der komplett aus Buchenblättern bestand. Als sie diesen durchschritt, tat sich ein schmaler Weg vor ihr auf. Ein leichter Wind kam auf, und die Blätter raschelten. Man konnte die Brise kühlend auf der Haut spüren. Das Rascheln der Blätter erinnerte ein wenig an einen Wasserlauf, eine sanfte Strömung.

Anin zögerte ein wenig, wahrscheinlich wäre es besser, einfach umzudrehen und mit Kubu eine gute Zeit zu haben. Sie könnten ja noch mehr Farbe in die Stadt bringen und sich immer neue Muster ausdenken. Sie hatte noch unendlich viele Farbvariationen im Kopf. Aber ihr innerer Antrieb, immer auf der Suche, brachte sie dazu, weiterzugehen. Der Weg blieb schmal, nur die Art der Pflanzen änderte sich. Als sie ein paar Schritte getan hatte, war sie umgeben von Rhododendren. Das Spektrum der Blütenfarben war beeindruckend. Es gab weiße, rote, orange, ja sogar blaue Rhododendren. Es gab von diesen Gewächsen wahrscheinlich tausend verschiedene

Arten, sowohl Zwergsträucher als auch zwanzig Meter hohe Bäume mit einer Blattart, die strahlenförmig um die Zweige angeordnet waren.

In diesem Augenblick meldete sich der Spiegel der Erinnerung erneut. Anin setzte sich und schaute voller Anspannung in das Glas. Sie konnte wieder die junge Frau sehen, die sich ebenfalls in einem Garten aufhielt. Die Umgebung in dem Spiegel ähnelte sogar dem Weg, den Anin gerade entlangging. Die junge Frau spazierte durch den Garten und beobachtete dabei sehr genau alles, was sich in ihrer Nähe befand. Sie genoss jeden Atemzug und erfreute sich an jedem Schritt, den sie tat. Auch hier war es fast ein Spiegelbild aus Anins Welt. Unzählige Pflanzenarten in unterschiedlichsten Farben waren zu erkennen. Die Wege waren liebevoll angelegt, so wie auch der gesamte Park. An einer Stelle in diesem Park hielt die junge Frau inne. Es musste eine ganz besondere Stelle sein. Anin sah genau hin und bemerkte, dass der jungen Frau Tränen die Wange herunterliefen. Sie stand vor einer großen Statue. Sie stellte einen Engel dar. Er hatte seine Hände zum Gebet gefaltet und sein Blick wirkte beschützend. Der Engel in diesem Park hatte beeindruckende Flügel, und die Sonnenstrahlen brachen sich darin. Es sah so aus, als würde von dem Engel ein helles Licht ausgehen.

Die junge Frau verbrachte noch eine ganze Weile bei dieser Statue, und auch sie hatte die Hände zum Gebet gefaltet. Anin musterte den Engel durch den Spiegel, und dabei sich selbst. Flügel hatte sie schließlich ebenfalls, allerdings konnte sie diese noch nicht einsetzen. Warum war die Frau so fixiert auf diese Statue. Sie musste irgendetwas erlebt haben, oder jemand, der ihr am Herzen lag. Aber vielleicht war diese Frau ja auch auf der Suche nach irgendetwas, so wie Anin.

In der Hoffnung, dass die junge Frau reagieren würde, rief Anin: »Hallo, kannst du mich hören?«

Durch den Spiegel sah Anin, wie die Frau in diesem Moment hinter sich schaute, als hätte sie etwas wahrgenommen. Aber sie drehte sich gleich wieder um und widmete sich der übergroßen Engelsstatue.

Erneut rief Anin: »Hallo, ich bin es, Anin!«

Als Anin das aussprach, überlegte sie kurz, was sie da gesagt hatte. Woher sollte die Frau Anin kennen? Aber diesmal gab es keine Reaktion. Es war wohl doch nur ein Zufall. In diesem Augenblick brach die Verbindung zu der Frau ab. Anin war nun wieder alleine. Das heißt nicht ganz. Sie wusste ja, dass sie immer begleitet wurde. Und außerdem war da noch Glowin, aber der mochte das Tageslicht nicht allzu sehr und verkroch sich meist.

Nach einer Weile erkannte Anin, dass der Weg vor ihr kein gewöhnlicher war. Nein, es kam ihr vor, als würde sie im Kreis gehen, wie eine Art Irrgarten, aus dem sie herausfinden musste.

»Hätte ich doch nur einen Überblick«, dachte sie sich, »dann wäre es viel einfacher.«

Doch dazu waren die Pflanzen viel zu hoch. Selbst auf

Zehenspitzen stehend konnte sie nicht hinüberschauen. Immer wieder kam sie an Stellen vorbei, von denen sie wusste, diese bereits gesehen zu haben. Die überkopfhohen und zudem blickdichten Gänge machten Anin etwas Angst. Ja, es war eine unbewusste Angst, die Anin begleitete und ihr Herz schneller schlagen ließ.

Vielleicht musste sie ihre Taktik ändern, und wahrscheinlich war es besser, einen klaren Kopf zu bewahren und ihre Entscheidungen gut zu überdenken. Ein Irrgarten konnte schließlich auch ein Weg zu sich selbst sein. Mit den richtigen Entscheidungen würde man sicherlich den Weg hinausfinden können. Anin versuchte es, aber es erwies sich als immer schwieriger, denn es wurde dunkler, und man konnte immer schlechter erkennen, wohin man gehen sollte. Anin wollte sich etwas ausruhen. Sie ließ sich auf ihre Knie fallen, und blickte nach oben. Sie bemerkte nicht, dass beim Hinknien einige Samenkapseln, die sie bei der Begegnung mit Yawla, dem Baum, bekommen hatte, aus der Tasche fielen und zu Boden purzelten.

Eine Träne rann Anin die Wange hinab, und auch diese suchte ihren Weg zum Boden. Sie fiel genau auf ein Samenkorn, das Yawla ihr zum Abschied heimlich in die Tasche gesteckt hatte. Als die Träne das Samenkorn traf, wuchs ein beeindruckender Baum empor, der sehr viel Ähnlichkeit mit Yawla hatte.

Anin stockte der Atem. Sie hatte eine Idee. Indem sie auf den Baum kletterte, konnte sie den Irrgarten gut überblicken. Sie sah, dass die Wege angeordnet waren wie die Blätter einer Rose, und der Ausgang war gar nicht so weit von Anin entfernt. Nun schöpfte sie wieder neuen Mut. Bevor sie aufbrach, wollte sie sich noch ein wenig ausruhen, und das tat sie auch.

Kurz darauf kletterte sie von dem Baum herunter, vorher hatte sie sich sehr genau den Weg eingeprägt. Sie wusste von nun an, wo sie entlanggehen musste. Der Irrgarten war zwar immer noch dunkel, denn die Gänge waren sehr eng und ließen somit nur wenig Licht durch, jedoch konnte sie sich die Wege gut merken. Sie ging nach links, dann wieder rechts. Sie bewegte sich, als könnte sie von einer Karte ablesen.

Nun war es nicht mehr weit, denn sie konnte bereits ein Licht sehen, es sah aus wie das Ende eines Tunnels. Dennoch musste sie sich beeilen, denn sie spürte hinter sich eine Gefahr. Anin konnte ein lautes Krachen vernehmen. Sie hatte Angst. Sie wollte sich nicht umdrehen, aber sie konnte nicht anders. Hinter ihr stürzte der Irrgarten ein. Das passierte nun rasend schnell. Es tat sich Dunkelheit hinter Anin auf. Sie fing an zu rennen. Schneller und schneller, sie konnte fast spüren, wie ihr der Boden unter den Füßen wegbrach. Dann erkannte sie in einigen Metern Entfernung ein Schild. Sie war aber noch nicht nah genug. Zumindest konnte sie schon die großen Buchstaben entziffern.

*I *N *E *T *R *A*

Sie musste noch etwas näher herankommen, denn in weitaus kleineren Lettern stand noch etwas unterhalb dieser großen Buchstaben. Nun konnte sie ganz deutlich erkennen, was da geschrieben stand. Es war ein kunstvoll geschwungener Schriftzug. Sie verstand noch nicht, was das bedeuten sollte, wiederholte jedoch laut die Worte, die auf dem Schild standen. Auf dem Schild stand in großen Lettern:

Irrgarten
Niemals
Endender
Träumereien
Rätsel
Aufgaben

Anin konnte das Schild nun schon gut erkennen und auch lesen, doch plötzlich brach auch vor ihr alles weg. Die Seiten stürzten ins Nichts, und Schwärze machte sich breit. Sie hatte in der Tat das Gefühl, dass sie sich schon die ganze Zeit in einem Irrgarten befand. Allerdings konnte sie bisher immer einen Ausweg finden. Die Rätsel und Aufgaben hatte sie so weit alle lösen können. Wobei galt, das größte Rätsel noch zu lösen … das Rätsel, wer sie selbst war.

Viel Zeit hatte sie nicht, um sich darüber Gedanken machen zu können. Sie fiel immer tiefer und es wurde immer dunkler. Anin stand kurz davor, das Bewusstsein zu verlieren. Hatte sie nicht alles gegeben, was sie geben konnte? Was hatte sie nur falsch gemacht?

Die Antwort war sehr einfach: nichts!

Anin hatte nichts falsch gemacht, jedoch gehörte auch diese Erfahrung zu ihrer Entwicklung. Denn wahrscheinlich hat jeder schon einmal das Gefühl gehabt, in eine Dunkelheit, in ein Loch zu fallen, und keiner war da, der einem helfen konnte.

Zumindest hatte Anin genau dieses Gefühl, und sie konnte es nicht loswerden.

Prisma – die grüne Stadt

Anin fiel immer tiefer. Es fühlte sich an, als würde sie in einen Brunnen fallen. Wie konnte das sein? Anin wusste beim besten Willen nicht, wo sie war. Sie hatte die Orientierung verloren. Sie erinnerte sich, dass sie eben noch gefallen war, aber wo war sie nun? Der Wunsch, andere Welten zu erkunden, den hatte sie schon immer. Aber das hier war etwas ganz Neues. Es kam ihr vor, als sei sie nur für einen Bruchteil von Sekunden unterwegs gewesen, und hätte dabei Lichtjahre zurückgelegt.

Sie machte sich mit ihrer neuen Umgebung vertraut. Es war völlig anders als alles, was sie bisher gesehen hatte. Es gab hier Bewohner, die allerdings allesamt erstarrt waren. Wie Statuen aus Stein, eine ganze Stadt. Es war absolut still, man konnte kein Geräusch wahrnehmen.

Anin lief eine Weile umher, bis sie plötzlich auf einem Platz stehen blieb, auf dem etliche Heißluftballons standen. Das heißt, sie standen nicht wirklich, sondern waren eher umgekippt, als wären sie vom Himmel gefallen. Diese Heißluftballons waren wahrscheinlich auf den Weg nach oben, um auf den Turm zu kommen, dachte sich Anin. Denn direkt neben der Ansammlung dieser Heißluftballons stand ein sehr hoher Turm. Es war ein schlichtes Bauwerk, welches metallisch glänzte. Hier gab es keinen Eingang oder Ähnliches, um hinaufzukommen. Es gab keinen Aufstieg im Inneren des Turmes. Auf der Turmspitze konnte man etwas Funkelndes erkennen, allerdings nur sehr schwach, denn der Turm war, wie gesagt, sehr hoch. Dieser funkelnde Gegenstand wurde von etwas verdeckt. Es sah aus wie ein Stofftuch, das die Turmspitze fast komplett abdeckte.

Anin ging auf die Heißluftballons zu, in der Hoffnung, jemanden anzutreffen, der ihr vielleicht sagen konnte, was hier passiert war.

In diesem Moment ging ein Ruck durch die Stadt. Die Bewohner, die wie erstarrt umherstanden, bewegten sich plötzlich und fingen aufgeregt an zu sprechen. Alle waren sehr nervös und geschäftig. Sie gingen schnellen Schrittes oder rannten teilweise wild durcheinander. So sah es zumindest für Anin aus. Es machte den Eindruck, als würden alle planlos umherirren. Hektik und quirliges Treiben ließen die Stille verpuffen. Was war geschehen? Anin wollte es unbedingt herausfinden. Doch jeder, den sie ansprach, rannte sofort weiter oder gab zur Antwort: »Tut mir leid, keine Zeit.«

Eine Gruppe präparierte gerade einen dieser Heißluftballons, alles musste offenbar schnell gehen. Es war ein sehr farbenprächtiger Ballon, den sich die Gruppe ausgesucht hatte, aber anscheinend spielte das nur eine geringe Rolle. Viel wichtiger schien es, den Ballon möglichst rasch in die Lüfte zu bekommen. Und das geschah auch. Der Ballon geriet etwas ins Schwanken und erhob sich ein paar Zentimeter vom Boden. Allerdings reichte die Zeit nicht aus. Das Schauspiel dauerte nur ein paar Minuten, bevor alle wieder erstarrten. Der Heißluftballon war kaum in der Luft, da fiel er auch schon wieder zu Boden. Das erklärte natürlich auch, warum dort eine ganze Ansammlung dieser wunderschönen und farbenfrohen Ballons gestrandet war. Anin fragte sich, was nur los war.

Ein kompletter Tag verging und es tat sich nichts. Anin hatte mittlerweile die Umgebung schon sehr gut kennengelernt und jeden Winkel erkundet. Dabei fiel ihr immer wieder der glitzernde Gegenstand auf, der auf der hohen Turmspitze thronte. Es musste etwas mit diesem Gegenstand, der die Form eines Kristalls besaß, auf sich haben. Anin versuchte, den Turm hinaufzuklettern, jedoch gelang es ihr nicht, da die Oberfläche des Turmes so glatt war, dass man sich darin spiegeln konnte. Es war unmöglich, einen Halt zu finden. Sie machte noch ein paar Anläufe, bis schließlich erneut die Stille unterbrochen wurde. Insgeheim ärgerte sie sich, dass sie nicht einfach hinauffliegen konnte.

Da war sie wieder, diese Hektik. Jeder der Bewohner versuchte, schnell etwas zu erledigen. Was das war, wusste Anin allerdings nicht. Ihre Fragen wurden ignoriert, da niemand Zeit hatte. An einer Ecke jedoch stand ein kleines

Mädchen, es schien zu warten. Anin machte sich auf, um mit ihr zu sprechen. Jedoch, als sie fast angekommen war, kehrte wieder Ruhe ein. Es war genau wie tags zuvor. Niemand bewegte sich, alle standen wie angewurzelt und rührten sich nicht. Dort, wo gerade noch Hektik war, herrschte plötzlich wieder Bewegungslosigkeit.

Anin fasste einen Plan. Sollte es noch einmal geschehen, so wartete sie einfach bei dem Mädchen und würde mit ihr sprechen. Als sie in Gedanken ihr Vorhaben durchdachte, hörte sie plötzlich ein lautes Scheppern, das sich so gar nicht in die Umgebung einordnen ließ. Es war ein Heißluftballon, der fast vor ihren Füßen aufschlug – ein erneuter gescheiterter Versuch, zur Turmspitze zu gelangen.

Als es dunkel wurde, begab sich Anin zur Ruhe. In dieser Nacht träumte sie wieder vom Fliegen und von der Freiheit, die sie über den Wolken hätte.

Am nächsten Morgen wartete sie darauf, dass es wieder losging. Und tatsächlich, das lange Ausharren zahlte sich aus. Als wäre ein Uhrwerk aufgezogen, begann das hektische Treiben von Neuem.

Auch Anins Plan sollte aufgehen. Sie stand bereits neben dem kleinen Mädchen und fragte sie:

»Hallo, ich bin Anin und nur auf der Durchreise. Was geschieht hier bei euch, und warum erstarrt ihr nach kurzer Zeit?«

»Hallo Anin«, antwortete das Mädchen. »Mein Name ist Paula. Ich bin noch zu klein, um den anderen zu helfen, darum warte ich hier.«

»Wobei helfen?«, wollte Anin wissen.

Paula antwortete: »Wir beziehen unsere Lebenskraft von dem grünen Prisma, welches auf dem Turm angebracht ist. Sobald Sonnenstrahlen auf dieses Prisma treffen, haben wir die Energie, alles zu machen, was wir wollen, und ein ganz normales Dasein zu führen. Scheint jedoch die Sonne, die hier übrigens nie untergeht, nicht auf dieses Prisma, erstarren wir, und zwar so lange, bis das Prisma wieder mit Sonnenenergie versorgt wird.«

Paula erläuterte weiter: »Leider ist bei einer Ballonfahrt ein Unfall passiert, und ein Teil des Stoffes, welches sich vom Ballon gelöst hatte, legte sich über das Prisma. Wenn nun die Sonne wandert, dann treffen die Strahlen nur zu einer bestimmten Zeit auf dieses Prisma.«

Paula schaute Anin erwartungsvoll an und fragte:

»Anin, kannst du uns helfen, das Prisma freizulegen, damit wir wieder die Energie beziehen können, die wir zum Leben brauchen?«

Kaum hatte Paula geendet, brach auch wieder die Stille an. Nun wusste Anin, was zu tun war. Sie bediente sich eines Heißluftballons und stieg mit diesem empor. Sie entschied sich dabei für ein besonders schönes Exemplar. Auf dem Ballon waren die Flügel eines Engels abgebildet. Ein Banner zierte den Ballon, auf dem stand:

»SEI HEUTE DEIN EIGENER HELD.«

Das konnte Anin allerdings erst sehen, als sich der Ballon mit Gas füllte. Es dauerte eine ganze Weile bis dieser ausreichend prall war und die Schwerkraft überwinden konnte. Einen solchen Ballon zu navigieren, war nicht einfach. Dennoch schaffte es Anin. Sie stieg empor und genoss die Aussicht. Sie hatte unterschätzt, wie hoch das Prisma angebracht war. Der Blick nach unten rief bei ihr ein merkwürdiges Gefühl hervor. Was würde sein, wenn der Ballon abstürzte?

Aber diesen Gedanken verfolgte sie nicht lange, denn das Prisma war schon in greifbare Nähe gekommen. Anin versuchte, sich an dem Tuch festzuhalten. Es gelang ihr auch recht gut, jedoch saß es so fest, dass sie es alleine kaum bewegen konnte.

Plötzlich ertönte ein lautes »Rrrraaatsch« – ein Geräusch, das dem glich, wenn man einen Stoff in zwei Stücke reißt. Das Tuch, welches sich über das Prisma gelegt hatte, wurde in zwei Hälften geteilt, und die Sonne schien mit all ihrer Wucht auf den grün glitzernden Körper. Fast geblendet von der Reflexion des Prismas musste Anin sich die Augen zuhalten.

Es entstand eine solche Wärme, dass der Heißluftballon Feuer fing. Das erklärte nun auch, warum der Turm so hoch sein musste und komplett aus Metall war. Der Ballon stürzte samt Anin in die Tiefe. Die Bewohner der grünen Stadt reagierten jedoch sehr schnell und spannten ein großes Laken aus Leinen. So verlief Anins Landung recht weich und sie wurde von dem Leinentuch abgefedert. Sofort setzten Löscharbeiten ein, und eine große Schar versammelte sich um den heruntergefallenen Ballon.

Anfangs waren alle still, doch als Anin sich aufrichtete und über den Rand der Gondel lugte, konnten sich die Bewohner nicht zurückhalten. Sie applaudierten und freuten sich. Es war ein riesiges Fest. Anin war sehr glücklich, so vielen geholfen zu haben. Sie fühlte sich immer stärker. In diesem Moment meldete sich wieder der Spiegel der Erinnerung.

Anin sah auf der anderen Seite wieder die Frau, die ihr ans Herz gewachsen war. Dieses Mal aber ging es ihr gar nicht gut. Sie kauerte mit schmerzverzerrtem Gesicht auf dem Boden. Anscheinend war sie zusammengebrochen. Der Frau rannen Tränen über die Wangen und sie stieß einen Hilferuf aus, der sehr qualvoll klang. Es dauerte nicht lange, da kamen auch schon einige Leute, um zu helfen. Es ging der Frau sehr schlecht, schließlich wurde sie mit einem Krankenwagen ins nächstgelegene Krankenhaus gebracht. Dort schob man sie direkt zur Notaufnahme, denn aus eigener Kraft konnte sie nicht mehr laufen. Sie kam schließlich in ein Zimmer und wurde an einen Apparat angeschlossen, der die Körperfunktionen überwachen sollte. Anin konnte ein Namensschild erkennen, auf dem stand: »Anna.«

Mit diesem letzten Bild brach die Verbindung zu Anna ab. Anin dachte bei sich: »Je stärker ich werde, umso schwächer wird Anna, die ich durch den Spiegel sehe.«

Anin war sehr traurig. Sie ließ sich allerdings nichts anmerken und verabschiedete sich von all denen, die sie feierten, denn ihre Reise war noch nicht zu Ende. Sie drehte sich noch einmal um und sah eine Stadt, die komplett in Grün getaucht war. Denn das Licht, das vom Prisma ausging, breitete sich über die ganze Stadt aus. Die grüne Stadt, dachte Anin und setzte ihren Weg fort.

Anin war eine Weile unterwegs. Sie musste noch eine Weile an die grüne Stadt denken, ein Ort, an dem die Sonne nie unterging. Selbstvergessen wanderte sie immer weiter, bis ihr auffiel, dass es hier weitere Himmelskörper gab. Nicht nur eine Sonne, sondern eine Vielzahl von Sonnen. Vielleicht war sie dem Sternenstaub nun schon recht nahe, denn schließlich dauerte ihre Reise schon sehr lange.

Gedankenverloren bemerkte sie nicht, dass sie bereits die nächste Tür geöffnet hatte.

Gibli

Es gab nicht mehr viele von seiner Sorte, wie viele genau, das wusste er selbst nicht. Vor Hunderten von Jahren passierte es, dass Gibli, so nannten ihn seine Freunde, durch einen Erdrutsch von seinen Geliebten, seinen Freunden und Verwandten getrennt wurde. Wobei es ein Wunder war, das er überhaupt überlebte, denn er fiel sehr tief, und als er aufwachte, war nichts mehr, wie es einmal war. Er schlug die Augen auf und suchte die Umgebung mit seinen übergroßen, aber sehr freundlich wirkenden Augen ab. Ja, man konnte behaupten, dass Gibli ein Riese war. Aber eben einer, der sehr große Rücksicht auf seine Umwelt und seine Nachbarschaft nahm. Er konnte keiner Fliege etwas zuleide tun und kein Grashalm krümmen. Er war ein Wesen mit einer sehr positiven Ausstrahlung. Und obwohl er so groß und kräftig war, musste man ihn einfach liebhaben.

So geschah es, dass Gibli ganz alleine war. Die Zeit spielte allerdings für ihn keine große Rolle. Er konnte über tausend Jahre alt werden, und mit seinen circa fünfhundert Jahren war er ja gerade einmal im besten Alter.

Manchmal sehnte er sich allerdings nach seiner Familie. Er erinnerte sich, dass sie früher sehr viel gemeinsam unternommen hatten. Als das Unglück passierte, war Gibli erst hundert Jahre alt, also noch ein kleiner Junge.

Schon damals bebte der Boden unter seinen Füßen. Stets gab er acht und passte auf, wo er hintrat, denn er wollte niemanden verletzen.

Ihn zu beschreiben war nicht besonders schwer. Sein Kopf sah mittlerweile aus wie ein großer Stein, der mit Moos und Gras bewachsen war. So sah im Übrigen auch der Rest von Gibli aus. Wenn man nicht genau hinsah, konnte man ihn für einen mit wunderschönen Blumen bewachsenen Berg halten, der sich perfekt seiner Umgebung angepasst hatte.

Einmal setzte sich ein Specht auf eine seiner Zehen, der dann wie wild mit seinem Schnabel zu hämmern begann. Als Gibli sich völlig erschrocken aufrichtete, war der Specht so verängstigt, dass er vor Entsetzen vergaß, dass er fliegen konnte, und kippte einfach um. Es war nichts weiter passiert, aber seit diesem Tag war Gibli noch viel vorsichtiger.

Nachts bot sich in Giblis Haar, das wie bereits erwähnt wie eine Blumenwiese aussah, in dem überwiegend Klatschmohn wuchs, ein wahrhaft wunderbares Schauspiel.

Im Laufe der Zeit hatten sich Glühwürmchen Giblis Haupt ausgesucht, um sich dort niederzulassen. Sie wurden schnell Freunde, und so kam es, dass Giblis Kopf in der Nacht wie ein Meer aus Lichtern aussah, und genau das war es, was Anin anzog.

Gibli war etwas ganz Besonderes. Ab und an fing er an zu weinen, wenn er an seine verlorenen Freunde und seine Familie dachte. Es waren keine Tränen im herkömmlichen Sinne, denn wenn Gibli weinte, entstand ein kleiner Wasserfall. Das hatte dann wiederum zur Folge, dass viele Tiere und Pflanzen ihren Durst stillen konnten. So war er nie alleine unterwegs, denn in seiner Nähe waren immer Begleiter.

In dieser Nacht jedoch stieß ein ganz besonderes Wesen zu ihm. Es war recht klein, in seinen Augen winzig, und es hatte Flügel, die es aber nicht benutzte.

Es war Anin.

Anin suchte ein Quartier, denn sie war erschöpft vom Wandern. Im Glauben, einen Berg zu besteigen, kletterte sie auf Gibli, der selbst wenn er lag, erstaunlich hoch war, und wollte sich ausruhen.

Gibli war im Laufe der Jahre sehr rücksichtsvoll geworden, und ließ sich nichts anmerken. Außerdem wusste er schließlich nicht, wer der kleine Engel war und was für Absichten er hatte. Nein, lieber nichts sich anmerken lassen.

Als Anin tief und fest schlief, ereignete sich ein wunderbares Schauspiel. Der ganze Bereich um Anin herum war umschwirrt von Glühwürmchen und leuchtete taghell. Um sie nicht zu wecken, hatte Gibli ein paar seiner Haare, die Lianen glichen, auf Anin gelegt, damit ihre Augen zugedeckt waren. Somit bekam sie von dem leuchtenden Ereignis nichts mit.

Allerdings schlüpfte ihr bester Freund, Glowin der Allererste, unbemerkt aus ihrer Tasche. Er konnte der Farbenpracht nicht widerstehen. Glowin hatte mittlerweile die Fähigkeit, in allen möglichen Farben zu leuchten. Er selber fand das Fluoreszierende am beeindruckendsten, und so leuchtete er mit seinen Verwandten die ganze Nacht, bis auch er erschöpft war und sich wieder in Anins Tasche zur Ruhe bettete.

Anin wurde von einem Windzug geweckt. Es fühlte sich so an, als würde man schnell gegen die Windrichtung laufen. Allerdings lag Anin und sie bewegte sich nicht. Es war Gibli, der für seine Verhältnisse recht langsam unterwegs war. Durch seine großen Schritte kam es Anin jedoch vor, als würden sie rennen.

»Hallo!«, rief Anin so laut sie konnte, und plötzlich gab es einen starken Ruck. Er war so stark, dass Anin zu Boden fiel, doch fiel sie sehr weich, denn Giblis Haare bestanden aus mehreren Schichten Moos und Gras. Überall wo Gibli hinging, verfolgten ihn ein paar Möwen. Diese fand man normalerweise nur in Strandnähe, jedoch war hier weit und breit kein Strand in Sicht.

Die Möwen kreischten, und Anin versuchte, lauter zu sein als diese. Und das gelang ihr auch. Dann erklang eine sehr tiefe Stimme und der Boden fing an zu beben.

»Hallo, ich bin Gibli, ich möchte dir helfen! Bitte sag mir, was ich für dich tun kann. Ich werde mein Bestes geben.«

»Bist du alleine?«, fragte Anin lautstark, aber durch

den Wind und das Möwengekreische kam es bei Gibli wie ein zartes Flüstern an.

»Ja, in der Tat«, brummte Gibli. »Ich habe meine Familie schon sehr lange nicht gesehen, denn ich habe alle verloren.«

Dann fügte er hinzu: »Entschuldige, aber ich habe schon seit ein paar Wochen mit niemandem mehr gesprochen.«

Wobei ein paar Wochen für Gibli Jahre waren. Das erklärte auch sein unendlich hohes Alter.

»Das tut mir leid, Gibli, ich war auch alleine, doch ich habe schon viele neue Freunde kennengelernt auf meiner Suche nach Sternenstaub«, meinte Anin.

Die beiden erzählten sich noch sehr lange, was sie bisher alles erlebt hatten, und Gibli, der behutsame Gigant, war überglücklich, jemanden zu haben, mit dem er sich unterhalten konnte. Es braucht manchmal nicht viel, nur ein Gespräch, nur ein paar Minuten ... doch sie können ausreichen, um jemand anderen glücklich zu machen.

Anin und Gibli setzten von nun an ihre Reise gemeinsam fort. Dabei durchquerten sie noch viele Orte. Ihr Ziel jedoch war ein anderes. Gibli hatte die Idee, auf den Berg Ebir zu steigen.

Ebir war ein sehr hoher Berg auf einer kleinen Insel, die man gewöhnlich nur mit einem Boot erreichen konnte. Jedoch war Gibli so groß, dass er die Meeresenge durchquerte, ohne dass ihm das Wasser etwas anhaben konnte.

Ebir

Da lag er nun vor ihnen, ein Berg, vor dem selbst Gibli klein wirkte. Sie hatten diese Erhebung bereits aus der Ferne gut sehen können. Dieser hatte nicht die typische Form eines Berges, sondern bildete ein lang gestrecktes Felsmassiv. Am Fuße des Felsens befand sich ein gewundener Weg. Für Gibli war dieser Weg schon ein wenig eng. Es war ein sehr unwegsames Gelände, das zumeist aus zerklüftetem Gestein bestand. Das ging eine ganze Weile so, bis sich der Weg auflöste. Ab dort wurde das Besteigen des Berges etwas schwieriger. Man musste schon sehr trittsicher sein, um voranzukommen. Das war für Gibli überhaupt kein Problem, denn durch seine übergroßen Füße hatte er die Sicherheit, nicht wegzurutschen.

Anin saß auf Giblis Haupt und versuchte die Richtung auszumachen. Die Natur bot am unteren Viertel des Berges ein wahres Schauspiel. Viele Pflanzen fingen gerade erst an, ihre Schönheit zu entfalten. Mächtige Blütenwiesen lagen vor ihnen. Gibli versuchte, so gut es ging, keine dieser Blüten mit seinen überdimensionalen Füßen zu zerquetschen, dadurch waren sie natürlich auch sehr langsam unterwegs. Der Duft von Frühlingsblumen lag in der Luft, Gibli und Anin genossen es.

Trotz aller Vorsicht kamen sie ganz gut voran. Aus ein paar Blüten hatte Anin sich ein Haarband geflochten, welches wie eine Krone ihr silbernes Haar schmückte. Sie schwelgten in der Schönheit der Umgebung und entschlossen sich nach einer Weile dazu, eine kleine Pause zu machen.

Einige Blumen waren in der Lage, farbigen Blütenstaub zu produzieren. Wenn man mit diesem Blütenstaub in Verbindung kam, roch es angenehm und man wurde mit Farbe überzogen. Diese verblasste zwar nach einiger Zeit, bevor sie sich schließlich ganz auflöste, jedoch konnte man die Farbe nicht ohne Weiteres abschütteln. Das war auch der Grund dafür, warum es hier mehrfarbige Hasen, Kaninchen, Wildschweine und sogar bunte Eichhörnchen gab. Es war ein schöner Anblick. Als sie sich nach einer Weile wieder aufmachten, durchquerten sie eine enge Passage und mussten noch ein paar Felsen, die wie Stufen angelegt waren, hochklettern.

In diesem Moment fing der Berg an zu beben. Ein furchtbares Getöse und ein ohrenbetäubender Lärm lagen in der Luft. Der Berg fing an, sich zu drehen. Er machte eine viertel Umdrehung. Als diese vollendet war, gab es wieder ein lautes Krachen, und die Bewegung stoppte abrupt. Der Ruck war so heftig, dass es sogar Gibli schwerfiel, das Gleichgewicht zu halten.

Allerdings hatte sich nicht der komplette Berg gedreht, sondern nur der obere Teil, denn das untere Viertel blieb, wie es war. So sah der untere Teil des Berges nach wie vor frühlingshaft aus, während der darüberliegende sich in ein sommerliches Gebirge verwandelte.

Hier war es sehr warm. Die Blumen, ja, die ganze Natur hatte ihre volle Pracht entwickelt, und die Sonne schien sehr stark. Dadurch wurde das Laufen nun etwas anstrengender. Ab und an konnten sie ein schattiges Plätzchen finden, wo sie dann eine kleine Pause einlegten.

Anin fiel auf, das Gibli sehr nachdenklich geworden war. Was beschäftigte ihn nur, fragte sich Anin.

»Gibli, ist alles in Ordnung?«, rief Anin so laut sie konnte.

Gibli dachte kurz nach, und dann gab er zur Antwort: »Alles gut, Anin. Es ist nur so, dass mir die Gegend hier sehr bekannt vorkommt. Als ich noch klein war, habe ich oft mit den anderen auf dem Jahreszeitenberg Verstecken gespielt. Man konnte von einer Klimazone in die nächste huschen, wobei sich der Berg dann immer drehte, und so dauerte es manchmal Stunden, bis man gefunden wurde.«

»Was für ein Zufall«, meinte Anin. Insgeheim hoffte sie, vielleicht noch einen von Giblis Art zu finden, und genau das dachte sich auch Gibli.

Es dämmerte bereits und es war schon recht spät, als sie den Berg fast zur Hälfte erklommen hatten. Hier legten sie eine kurze Pause ein.

Abermals begann der Berg sich in Bewegung zu setzen. Ein scheppernder Lärm und ein lautes Krachen waren deutlich zu vernehmen, bevor der obere Teil des Berges sich wieder um ein Viertel drehte. Nun war der untere

Teil des Berges in Frühling und Sommer eingeteilt. Wo sich Anin und Gibli nun befanden, war es schon schwindelerregend hoch, und das Klima eher herbstlich. Nun war es Anin, die sich in Gedanken verlor, denn genau zu dieser Zeit hatte sie ihre Reise angetreten, sie war wahrlich schon sehr lange unterwegs.

Die Gegend um sie herum wurde nun etwas karger und auch das Wetter hatte sich nachteilig geändert. Dennoch schien es den beiden nichts auszumachen, und sie gingen freudig weiter, denn sie ahnten, dass sie dort oben etwas ganz Wundervolles erwartete.

Anfangs hatten beide dieselbe Vorstellung von dem, was sie auf den Gipfel des Berges finden würden. Denn Anin hoffte natürlich, den Sternen so nah zu sein, dass sie ohne Weiteres den lang ersehnten Sternenstaub bekommen würde. Auch Gibli hatte zunächst diesen Plan verfolgt, doch nun hatte er die Hoffnung, ein paar Wesen seiner Art anzutreffen, denn die Gegend kam ihm sehr vertraut vor.

Da er es kaum abwarten konnte, versuchte er, immer schneller zu gehen, dabei achtete er natürlich ganz genau auf seine Umgebung. Trotz des sich ändernden Wetters war alles hier sehr schön. Unweit des Weges sahen sie einen Hirsch, dessen Geweih übersät war mit Blumen der verschiedensten Arten. Beim Laufen verteilten diese Blumen ihren Blütenstaub, und es sah so aus, als würde der Hirsch einen Regenbogen hinter sich herziehen. Das gab der herbstlichen Szene einen sehr intensiven Farbimpuls.

Nachdem Anin und Gibli schließlich drei Viertel des Weges zurückgelegt hatten, schien sich alles zu wiederholen. Der Berg setzte sich nun ein letztes Mal in Bewegung und machte eine weitere viertel Umdrehung. Wieder änderte sich das Wetter, und es wurde winterlich. Wenn man den Berg von Weitem betrachten würde, hätte man alle Jahreszeiten übereinander erblicken können, ein wahrhaft toller Anblick.

Die letzte Etappe war zugleich die schwierigste, denn es lag Schnee, der nicht nur weiß war, sondern in allen Farben funkelte. Hinzu kam, dass es sehr kalt war. Auch hier konnte man wieder die verschiedensten Tierarten erblicken, wie beispielsweise Schneehasen oder auch Eisvögel. Die Umgebung schimmerte in einem ganz besonderen Glanz. Das Atmen fiel etwas schwerer, denn zu der Kälte kam die extreme Höhe.

Auch diesen letzten Abschnitt meisterten die beiden ohne Probleme. Ganz oben auf dem Gipfel angekommen, der sich kilometerweit in die Höhe streckte, bot sich ihnen ein weiteres Schauspiel der Natur. Denn hier gab es erneut alle Klimazonen und Jahreszeiten, jedoch in wildem Durcheinander. Es gab Stürme, gepaart mit viel Sonne. Regen fiel vom Himmel, der auf halbem Weg gefror. Als dieser auf dem Boden ankam, verdampfte er und wurde zu Nebel. Hier konnte man wirklich jedes Wetter vorfinden.

Viel wichtiger aber war, was Gibli zu sehen bekam. Es gab hier in der Tat Wesen, die wie er waren. Sie schienen sich zu kennen, auch wenn Gibli bereits Hunderte von Jahren allein gelebt hatte. Die Wiedersehensfreude war enorm. Gibli weinte vor Glück, auch Anin konnte ihre Begeisterung nicht zurückhalten. Sie hatte den Berg zwar in der Hoffnung erklommen, von hier aus leicht an den ersehnten Sternenstaub zu kommen, doch war das leider nicht möglich. Viel zu weit waren die Sterne entfernt. Anin blieb noch eine ganze Weile, bevor sie weiterzog. Aber ihre Mühe sollte sich auszahlen, denn hier oben auf dem Gipfel des Berges sollte sie jemanden treffen, der ihr weiterhelfen würde auf ihrer Reise, auf der sie schon so viel Schönes erlebt hatte. Sie war sehr glücklich, da sie Gibli helfen konnte, seine Familie wiederzufinden. Und so setzte Anin zufrieden ihre Reise fort.

Die weiße Stadt

Anin passierte auf dem lang gezogenen Felsen ein Tal, in dem man meinte es wäre wieder Winter, allerdings verspürte Anin nicht diese Kälte, die für diese Jahreszeit typisch sein müsste. Im Gegenteil, trotzdem sie barfuß lief, war ihr behaglich warm. Es fielen Schneeflocken vom Himmel, und Anin hatte das Bedürfnis diese zu fangen. Jedes Mal, wenn eine Flocke unmittelbar an ihr vorbeiflog, streckte sie ihre Hände aus und versuchte, sie zu berühren. Zuerst nahm Anin es gar nicht wahr, aber immer, wenn sie eine dieser Schneeflocken streifte, entstand ein Ton. Jede einzelne ergab einen anderen Klang. Es waren hohe Töne dabei, aber auch sehr tiefe. Anin fand Gefallen an diesem Konzert aus Schneeflocken, und es dauerte nicht lange, da hatte sie in der Tat eine Melodie ertastet. Es hörte sich an wie ein Stück auf einem Klavier, mit einer Tonfolge, die ihr bekannt vorkam.

In diesem Augenblick hatte Anin wieder die Möglichkeit, in den Spiegel der Erinnerung zu blicken. Sie sah abermals Anna. Sie schien glücklich zu sein, obgleich sie in einem Bett lag, das in einem Zimmer eines Krankenhauses stand. Anin sah nicht nur Anna, sondern sie konnte auch verstehen, was jene vor sich her flüsterte.

»Wenn ich wieder gesund bin, möchte ich auch Klavier spielen lernen, das ist mein Wunsch«, sagte Anna sehr leise zu sich selbst. Dabei rannen Anna ein paar Tränen über die Wange. Sie schien zu wissen, dass es dazu nicht mehr kommen würde. Die Zeit würde nicht mehr reichen, um das Klavierspiel zu erlernen.

Beide, sowohl Anin als auch Anna, begannen ihre Lippen zu der Melodie zu bewegen, dies geschah fast synchron.

Plötzlich wurde Anin aus ihren Gedanken gerissen. Eine Stimme, die ein gewisses Gurren in sich hatte, unterbrach sie: »Hallo, wer bist denn du, und was führt dich her?«

Vor Anin stand ein Wesen, ähnlich groß wie sie selbst, jedoch hatte es den Kopf eines Fasans und Federn zierten seinen Körper. Er bewegte sich sehr elegant und schien auch sonst sehr gebildet zu sein. Anin dachte bei sich, dass es sich hier vielleicht um einen Akademiker handeln könnte.

Als Anin gerade antworten wollte, hörte sie eine weitere Stimme. »Nun frag der Kleinen doch keine Löcher in den Bauch, Frans«, war ein weiteres Wesen zu vernehmen, das plötzlich hinter Anin in Erscheinung trat.

»Keine Ursache, mein Name ist Anin, und ich bin auf der Suche nach Sternenstaub, um meine Kräfte voll entfalten zu können.«

»Hallo!«, erwiderte das Wesen mit dem Fasanenkopf. »Mein Name ist Frans von Fasanien und vielleicht können wir dir helfen, jedoch müsstest du uns erst eine Geschichte erzählen. Sie sind für uns das Allerwichtigste. Wir haben unzählige Geschichten gesammelt.«

»Im Gegenzug werden wir dir auch eine Geschichte erzählen. Jede Geschichte stammt von jemandem, der auf der Durchreise war«, sagte das zweite Wesen, das sich Eula nannte.

Anin überlegte kurz. Sie hatte einiges zu erzählen. Jedoch entschied sie sich für die Aufzeichnung des kleinen Engels.

Sie holte ihren Zettel hervor und begann zu lesen.

Nachdem sie geendet hatte, fügte Anin hinzu: »Hiermit fing alles an, und mit dieser Geschichte bin ich schon weit gekommen. Sie hilft mir, wenn ich traurig bin, aber auch wenn ich glücklich bin. Ich trage sie immer bei mir.«

Frans von Fasanien war begeistert, ebenso wie Eula. »Sag uns bitte einen Buchstaben zwischen A und Z, und wir werden dir eine Geschichte erzählen, bevor wir schauen, ob wir dir weiterhelfen können.«

Anin zögerte nicht lange und entschied sich für den Buchstaben W.

»W wie Wahrheitsverdreher«, gurrte Eula. »Eine weise Wahl«, verkündete Frans von Fasanien, der übrigens über ein gewaltiges Land herrschte.

Frans fing an zu erzählen.

Vor einigen Jahren gab es einen Prinzen. Er wurde in der Tat reich geboren und hatte alles, was man sich nur wünschen konnte. Aus reiner Langeweile erfand er einfach Geschichten, um der Wahrheit ein wenig aus dem Weg zu gehen. Der eine kannte ihn als Pilot, bei dem anderen war er als Künstler bekannt. In Wirklichkeit war er ein Rennfahrer, oder hatte er doch die Wüste zu Fuß durchquert? Es gab eine Vielzahl von verschiedenen Personen, die er beschrieb, und am Ende wusste er selber nicht mehr genau, wer er überhaupt noch war.

Die Menschen fingen an, ihn zu meiden, denn natürlich unterhielten auch sie sich über ihn und die Märchen, die er zum Besten gab. Das ging eine ganze Weile so, bis schließlich jemand sich der Sache annahm und einen Apparat entwickelte, der die Wahrheit zutage förderte. Das Prinzip war sehr einfach, man musste nur in einen Trichter sprechen, und am Ende des Trichters stiegen Seifenblasen empor.

Waren die Seifenblasen weiß, so sagte der Prinz die Wahrheit. Waren die Seifenblasen jedoch von einer anderen Farbe oder gar bunt, so war die Geschichte schlicht erfunden und erlogen. Es dauerte Tage, bis nur noch weiße Bläschen aus dem Trichter kamen. Der Prinz wusste endlich wieder, wer er war. Er brauchte sich nicht länger zu verstecken, er musste auch kein anderer sein, denn er war gut so, wie er war. Die Leute fingen an, ihn zu mögen, ohne dass er sich verstellen musste. Denn richtige Freunde sind füreinander da und müssen sich nicht hinter Taten oder Geschichten verstecken, die nicht der Wahrheit entsprachen, sondern mussten einfach nur für einen da sein. Der Prinz war so glücklich über die Seifenbläschen, dass er seine Stadt nun als weiße Stadt bezeichnete.

Die Botschaft der Erzählung war bei Anin angekommen.
Sie würde sich niemals etwas ausdenken oder etwas erfinden,
um sich Vorteile zu verschaffen, und genau das war es, was
sie auch von allen anderen erwartete.

»Danke für diese Geschichte«, sagte Anin zu den beiden Wesen. Sie hatten noch ein Geschenk für Anin, womit sie nicht gerechnet hatte.

Es war ein Buch mit einem sehr aufwendigen Einband: eine Goldprägung, die die Flügel eines Engels darstellten. Der Titel des Buches lautete »Die kleine Anin – eine Geschichte über Mut, Hoffnung, Glaube und viele Freundschaften«.

Anin schlug die ersten Seiten auf, und dort stand geschrieben, was sie bereits alles erlebt hatte. Es waren mittlerweile schon sehr viele Seiten, die bedruckt waren. Egal welche Seite Anin aufschlug, sie beschrieben genau das, was ihr auf den Stationen ihrer Reise widerfahren war. Neugierig blätterte Anin zu dem Kapitel, indem Frans von Fasanien und Eula vorkamen, auch das war bereits geschrieben. Doch als sie weiterblätterte, konnte sie keine Einträge mehr finden.

Eula sagte: »Diese Kapitel sind noch nicht geschrieben, allerdings gibt es für das nächste Kapitel bereits einen Namen. Er lautet ‚Daunsche‘.«

Daunsche

Anin hatte es geschafft. Der Berg war nun bewältigt. Hier ganz oben war die Luft sehr klar. Das Atmen fiel Anin anfangs etwas schwer, jedoch gewöhnte sie sich schnell an die neue Situation.

Hier oben gab es, wie auch den ganzen Weg bergauf, verschiedene Wetterzonen. Anin befand sich in einer winterlichen Region. Sie liebte es, durch den Schnee zu stapfen. Sie liebte es auch, dass sich der Atem wie Nebel niederschlug. Es war eine sehr schöne Jahreszeit für sie. Sie ging ein paar Meter und gelangte an ein kleines Waldstück. Auf den ersten Blick sah es aus wie ein Wald aus Nadelbäumen. Fichten und Tannen schienen hier in einer Reihe zu stehen. Allerdings waren sie komplett mit Schnee bedeckt, so wirkte es zumindest.

Als Anin etwas näher an eines dieser Tannengewächse trat, bemerkte sie, dass der Baum gar keine Nadeln besaß. sondern dass an deren Stelle Federn wuchsen. Sie funkelten in der glasklaren Atmosphäre. Als sich Anin direkt neben dem Baum befand, passierte etwas ganz Außergewöhnliches. Die Tanne umarmte Anin, wobei sich Federn vom Baum lösten und sich wie ein Mantel um Anin legten. Anin geriet ein wenig in Panik, denn sie wusste nicht, was mit ihr geschah.

Nach kurzer Zeit ließ der Baum mit seinem gewaltigen

Federkleid Anin wieder los, wobei viele dieser Federn nun auch in ihren Flügeln zu finden waren.

»Versuch es, versuch es einfach«, sagte der Baum und deutete mit seinen Ästen eine Auf- und Abbewegung an.

Im Unterbewusstsein wusste Anin, was zu tun war, sie traute sich nur noch nicht so richtig.

Sie fasste den Entschluss, sich genauso zu bewegen, wie der Baum es ihr vormachte. Als wollte Anin einen Schnee-Engel formen, schlug sie mit ihren Flügeln. Anfangs nur sehr zögerlich, dann etwas schneller. Sie bewegte die Arme so schnell auf und ab, dass sie sehr bald den Kontakt zum Boden verlor. Sie schwebte in der Tat bereits ein paar Zentimeter über dem mit Schnee bedeckten Boden. Sie konnte spüren, wie ihre Füße in der Luft schwebten und dass ein kalter Wind zu spüren war.

Sie konnte es nicht glauben. Endlich ging das in Erfüllung, wovon sie schon lange geträumt hatte: Sie konnte fliegen. Bis hierher zu kommen, war sehr mühsam, aber die Anstrengungen hatten sich gelohnt. Sie war stolz auf sich, ein großes Stück ihres Vorhabens abgeschlossen zu haben. Durchhaltevermögen war ihre Stärke. Ihr wurde mehr als klar, dass es sich lohnt, für etwas zu kämpfen, das man von Herzen will. Denn so konnte man alles erreichen.

Aber noch war sie nicht am Ziel ihrer Reise angekommen. Sie konnte nun fliegen, wie es ein echter Engel vermochte, jedoch noch nicht aus eigener Kraft. Sie musste noch stärker werden.

Es blieb ihr nichts anderes übrig, als weiterzumachen. Sie wusste, was zu tun war, und nutzte nun ihre neue Fähigkeit.

Sie schlug ein paarmal mit ihren Flügeln und befand sich bereits wenig später in luftiger Höhe. Von hier oben sah alles so klein aus. Hinter Anin, ebenfalls in der Luft schwebend, befanden sich ein paar Bäume, sogenannte Daunsches. Da sie Federn statt Nadeln besaßen, konnten auch sie fliegen. Es waren wahrhafte Luftakrobaten. Sie machten es sich zur Aufgabe, Anin ein kleines Stück zu begleiten und ihr ein paar Tricks zu zeigen. Schon nach kurzer Zeit kam Anin sehr gut mit ihren Flügeln zurecht. Sie war sehr glücklich. Anin zog noch ein paar Kreise, eher sie die Erschöpfung spürte. Sie glitt zu Boden und berührte wieder den kalten Schnee unter ihren Füßen. Auch die Bäume, die sie die ganze Zeit begleitet hatten, kamen an der Stelle herunter, an der Anin sich befand.

Sie bildeten eine Art Iglu, der Anin umgab. So musste Anin nicht frieren, denn jetzt kamen eisige Winde auf.

In dem Iglu war es dunkel, doch Glowin der Allererste tat sich hilfreich hervor. Mit seiner Leuchtkraft war es drinnen taghell. Leider hatte er nicht viel von Anins neu erworbenen Fähigkeiten mitbekommen, denn Glowin bevorzugte es, bei Tag zu schlafen. Anin erzählte Glowin dem Allerersten, was sie alles erlebt hatte, und er konnte es kaum abwarten, zusammen mit seiner besten Freundin zu fliegen.

Am nächsten Morgen war es dann so weit. Anin wollte

ihre Flügel einsetzen, um ihre Reise fortzusetzen. In diesem Moment fielen die Federn, die gestern noch eins waren mit ihren Flügeln, einfach aus. Sie war sprachlos. Warum musste das passieren? Aber statt in Selbstmitleid zu verfallen, richtete sie sich auf. Sie dachte an die Anna, die sie in dem Spiegel sehen konnte. Sie würde niemals aufgeben. Schließlich war es Anna, die schon seit Jahren erfolglos nach einem Heilmittel suchte. Sie hatte niemals resigniert und tat es auch jetzt nicht. Sie war eine starke Persönlichkeit, die an sich glaubte und niemals den Mut verlor. Dabei überschritt sie Grenzen, die ihr sehr schwer-fielen, denn ab und an verließ sie der Mut. Doch sie verlor niemals das Vertrauen in sich selbst, und dadurch war sie sehr stark geworden.

Anin begab sich zu den Bäumen, die gestern noch Federn hatten, allerdings waren diese auch bei ihnen aus-gefallen. Anin bemerkte erst jetzt, dass es gar nicht mehr winterlich war. Es war wesentlich wärmer geworden. Einer der Bäume sprach zu Anin: »Wir sind Jahreszeitenbäume, wir nennen uns Daunsche. Im Winter bekommen wir Fe-dern, die wärmen uns, da es hier sehr eisige Stürme gibt. Im Frühjahr werfen wir diese ab und entwickeln uns wie ganz normale Bäume. Wir verändern uns täglich. Hier wechselt die Jahreszeit jeden Tag und somit sind einige von uns auch schon sehr alt.«

»Zeit spielt wohl eine große Rolle«, dachte Anin. Jene, die gesund waren, brauchten sich keine Gedanken über die Zeit zu machen. War man allerdings sehr krank, so zählte jede Sekunde. Das war ihr bisher nicht bewusst gewesen, denn sie war nie in Eile, sie wollte nur irgendwie ans Ziel kommen.

Ein paar Tage später zeigten die Bäume, die sich in der Zwischenzeit sehr liebevoll um Anin kümmerten, wieder ihre Federn. Anin nutzte erneut die Kraft der Bäume und machte sich auf in die Lüfte. Diesmal wollte sie keine Zeit verlieren und flog so weit sie konnte. Ihre Kräfte ließen nach ein paar Stunden nach. Sie konnte kaum noch ihre Arme heben, hinzu kam ein sehr starker Sturm, der es ihr unmöglich machte, weiter oben zu bleiben. Anin legte die Arme eng an ihren Körper und sank nieder, bis sie festen Boden unter den Füßen spürte.

Stansfjusel – ein gewaltiger Sturm

Anin saß auf den Boden, nur ein paar Minuten Rast, dann würde sie weiterfliegen und ihre Reise fortsetzen. Doch ein sehr starker, eisiger Wind kam auf, und sie musste sich an einem Busch festhalten, der zu ihren Füßen gewachsen war. Glücklicherweise hatte dieser keine Dornen, sondern fühlte sich weich an.

Alle Bemühungen halfen leider nichts, denn aus dem Sturm wurde ein mächtiger Orkan namens Stansfjusel, und dieser kam mit gewaltiger Wucht auf Anin zu. Sie konnte nicht mehr weg, es war zu spät. Sie fürchtete sich. Was würde passieren, wenn sie von diesem Wirbelsturm erfasst würde? Doch genau das sollte sie bald darauf erfahren. Der Orkan überwältigte den kleinen Engel, und schließlich war sie in dem wütenden Aufruhr der Elemente verschwunden, der hungrig seine Umgebung in sich aufnahm.

Im Inneren des Orkans traute Anin ihren Augen nicht. Hier war es wunderschön. Von dem ohrenbetäubenden Lärm und dem heftigen Regen, der von gewaltigen Blitzen begleitet wurde, war im Inneren des Sturms nichts zu spüren. Hier war alles riesengroß, wie eine eigene Stadt. Wenn man nach oben sah, glich es einem Baumhaus mit sehr vielen Ebenen. Einige dieser Ebenen konnte Anin von unten aus sehen, diejenigen, die weiter oben lagen, ließen sich über eine Art Treppe erreichen.

In dem Orkan schien die Schwerkraft von Zeit zu Zeit auszusetzen, denn beim Laufen kam es einem fast so vor, als würde man sich mit kleinen Sprüngen, die am Boden weich abgefedert wurden, fortbewegen. Auch die Orientierung fiel hier sehr schwer, denn wollte man nach links, musste man nach sich nach rechts wenden, wollte man vorwärtslaufen, so musste man rückwärtsgehen. Oben war unten und es alles schien ganz anders zu sein, als es sich darstellte. Anfangs fand Anin sich nur schwer zurecht, doch irgendwann gelang es ihr recht gut. Leider änderte sich die Situation andauernd, je nachdem, wie schnell sich der Orkan bewegte.

Anin machte sich auf, um die erste Ebene zu erreichen, und das schaffte sie ziemlich problemlos. Es sah hier aus wie eine Plattform, die komplett mit Grün bewachsen war. Kleine Bäche durchquerten Wiesen. Schmetterlinge flatterten überall durch die Lüfte. Anscheinend hatten die Wiesen, die es hier gab, eine anziehende Wirkung auf die Falter. Die Zahl der farbenschönsten Schmetterlinge schien unendlich. Einige waren bunt, andere zeigten nur einen Farbton. Bei genauem Hinsehen entdeckte man sogar Exemplare, die ihre Farben veränderten. Auch Glowin war nun neugierig geworden und kam hervor.

Anin lief über die Wiese, und sie hatte das Gefühl, als würde sie jemand verfolgen. Sie drehte sich um und konnte sich selbst sehen. Nur war es kein Spiegelbild. Es waren Tausende kleine Schmetterlinge, die sich zusammentaten und die Form von Anin imitierten. Durch die unterschiedlichen Farben der Schmetterlinge gelang es ihnen auch erstaunlich gut. Ging Anin einen Schritt nach vorn, so folgten ihr die Schmetterlinge. Sichtlich amüsiert machte Anin ein paar Sprünge, die Schmetterlinge taten es ihr gleich. Sie hatte sehr viel Spaß und wollte nun unbedingt wissen, was sich auf den anderen Ebenen verbarg.

Auf der nächsten Plattform erblickte sie einen Hirsch. Diesen hatte sie bereits zuvor gesehen. Statt eines normalen Geweihs sah seine Kopfpracht aus, als würden Äste mit schönen Blüten aus dem Ende der Hornspitzen wachsen. Dort, wo sich der Hirsch aufhielt, gediehen wundervolle Blumen. Unter anderem Rosen, deren Duft Anin ständig begleitete. Der Hirsch war sehr scheu, und Anin kam nur bis auf ein paar Meter an ihn heran, bevor er sich wieder zurückzog, und dadurch erneut wundervolle Pflanzen erschuf.

Auf der nächsten Ebene erwartete sie ein alter Freund, es war Yawla, der Baum. Als er Anin sah, sprang er vor Freude in die Luft. Er konnte sein Glück nicht fassen.

»Hallo!«, rief er schon von Weitem und rannte auf sie zu. Sie umarmten sich und hatten sich viel zu erzählen, denn seit der letzten Begegnung war schon einige Zeit vergangen. Nachdem sie sich stundenlang unterhalten hatten, fassten sie den Entschluss, aus dem Orkan auszubrechen. Obwohl es hier sehr schön war und es viele Sachen zu entdecken gab, wusste Anin, dass sie weiterziehen musste.

»Ich möchte dir noch etwas zeigen, bevor wir weiterziehen«, sagte Yawla, der Baum, und damit war klar, dass er Anin noch ein Stück begleiten würde. Sie gingen eine weitere Etage hinauf, dort gab es Wolken, die den Boden bedeckten. Diese Wolken konnten, ähnlich wie die Schmetterlinge, jede erdenkliche Form annehmen. Als Anin die Ebene betrat, taten sich die Wolken zu einem übergroßen Herz zusammen, das sich dann schließlich zu einem Engel wandelte.

Anin wollte noch höher steigen, um weitere Ebenen zu erforschen. Dabei konnte Yawla sie zwar nicht begleiten, aber er versprach, sie zu beobachten, sofern es ihm möglich war. Anin war bereits sehr weit emporgeklettert, und hier kam sie auf eine Fläche, mit der sie zunächst nicht sehr viel anfangen konnte. Hier gab es im Prinzip nichts, ein leeres Feld war alles, was sie sah. Weder gab es einen bestimmten Duft noch konnte man etwas hören. Anin wollte bereits weiterklettern, als sie plötzlich eine Art Stimme vernahm. Sie drehte sich um, und da stand es.

Hexabinzimal

Anin hörte etwas, das sie wie folgt interpretierte:

48 61 6c 6c 6f 20 6d 65 69 6e 20 4e 61 6d 65 20 69 73 74 20 48 65 78 61 62 69 6e 7a 69 6d 61 6c

Was so viel heißen sollte wie: »Hallo, mein Name ist Hexabinzimal!«

Darauf folgte noch eine Reihe aus verschiedenen Zahlen.

49 63 68 20 6d 75 c3 9f 20 6d 69 63 68 20 61 6e 20 44 65 69 6e 65 20 53 70 72 61 63 68 65 20 67 65 77 c3 b6 68 6e 65 6e

Das war eher wie ein Computercode oder Ähnliches, und übersetzt hatte es die Bedeutung: »Ich muss mich an deine Sprache gewöhnen.«

Die genaue Reihenfolge konnte Anin sich nicht merken, aber es hörte sich an wie ein fremdartiges Alphabet, bestehend ausvielen Zahlen, vermischt mit ein paar Buchstaben. Vielleicht ein Maschinencode? Doch da kannte sie sich nicht sehr gut aus, aber das musste sie auch gar nicht.

Der nächste Versuch des Wesens war eine Zeichnung, die es Anin vorlegte. Auch das sah eher wie eine technische Skizze aus. Keine Chance für Anin, etwas aus dem

Muster zu erkennen. Dann hatte es das Wesen plötzlich eilig und war sehr schnell verschwunden. Nur kurze Zeit später stand es jedoch wieder vor Anin.

Es sah sehr niedlich aus. Wenn man es beschreiben sollte, so wäre es eine Mischung aus einer Maschine und einem knuffigen Kuscheltier ... so wie jenes, das Anin als Kind hatte.

Voller Stolz versuchte er es erneut. Dieses Mal verstand Anin schon etwas mehr, allerdings konnte sie den Sinn noch nicht ganz erfassen: »Hotel Alfa Lima Lima Oscar (space) Mike Echo India November (space) November Alfa Mike Echo (space) India Sierra Tango (space) Hotel Echo X-ray Alfa Bravo India November Zulu India Mike Alfa Lima.«

Der nächste Anlauf kam der Sache noch näher:

»! lamiznibaxeH tsi emaN niem ollaH«

Und schließlich konnte Anin Folgendes vernehmen:

»Hallo, mein Name ist Hexabinzimal!«

Anin erwiderte: »Hallo, ich bin Anin, ich habe dich leider nicht verstanden, wer bist du?«

»Hallo, Anin, mein Name ist Hexabinzimal«, wiederholte das Wesen.

»Das ist aber ein sehr merkwürdiger Name«, erwiderte Anin. »Aber vielleicht kannst du mir helfen, ich bin auf der Suche nach ...« Anin kam nicht dazu, zu Ende zu sprechen.

Denn in diesem Moment führte Hexabinzimal ihren Satz fort:

»… auf der Suche nach Sternenstaub, damit du deine Kräfte zurückgewinnen und somit auch deiner Bestimmung nachgehen kannst.«

Als Hexabinzimal das sagte, hörte sich seine Stimme sehr blechern an. Anin war überrascht, dass ihr neuer Freund so schnell in der Lage war, ihre Sprache zu verstehen. Und nicht nur das. Er wusste auch über Anin Bescheid.

Hexabinzimal sprach weiter:

»Du bist hier in meiner Welt. Wir können alles schaffen, was wir wollen. Diese Welt ist zwar nicht real, aber alles, was wir hier erschaffen, sieht der Realität täuschend ähnlich. Hier kannst du alles sein, was du willst. Du kannst fliegen, du kannst nach den Sternen greifen, und du kannst jede beliebige Jahreszeit aus dem Nichts herbeizaubern. Nichts ist unmöglich. Grenzen werden hier nicht gesetzt.«

Der Boden unter ihnen veränderte sich, er verschwand gänzlich. Stattdessen befanden sie sich plötzlich mitten in den Wolken, wie bei der Ebene zuvor. Anin traute sich nicht, einen Schritt zu machen. Sie bewegte sich nicht, das tat aber die Umgebung um sie herum. Sie genoss den Moment. Sie liebte es, in den Wolken zu sein. Für eine kurze Weile vergaß sie alles um sich herum, sie hätte noch stundenlang so verweilen können. Sie stellte sich vor, dass in diesem Moment ihre kleine Freundin Frau Pause vorbeikäme, oder dass sie imstande wäre, von einer Wolke auf die andere zu springen, mit riesigen Sätzen, die dafür nötig waren.

Anin fragte Hexabinzimal, ob es ihm möglich wäre, Sternenstaub herbeizuschaffen. Aber für ihn war nichts unmöglich. Es war so wie bei einem Computer, man musste einfach ein neues Programm laden. Nur das man hier selbst Teil dieses Programms war.

Es wurde sehr dunkel um Anin. Jedoch hielt diese Dunkelheit nicht sehr lange an, denn Millionen von Sternen waren plötzlich über ihren Köpfen zu sehen. Wobei der Kopf von Hexabinzimal eher die Form eines Monitors hatte, aber das nur nebenbei. Es war traumhaft anzusehen. Nicht nur die vielen Sterne waren zu erkennen, es tanzten auch Polarlichter in den schönsten Farben am Himmel. Zu allem Überfluss konnte man mehrere Monde in Formation einer Linie ausmachen. Der erste Mond war ein Halbmond, der zweite nur eine Sichel, in entgegengesetzter Richtung. Der dritte Mond war ein Oval. Würde man alle Monde wie Schablonen übereinanderlegen, so ergäbe es einen Vollmond. Anin konnte sich gar nicht satt sehen an diesem spektakulären Himmelsschauspiel. Vielleicht war es nur ein Traum, aber wenn es so war, dann wollte sie noch nicht aufwachen.

Auf einmal bekamen die Sterne Stelzen. Es sah aus, als ob sie bis zum Boden ragen würden, jedoch war es nur der Sternenstaub, der von ihnen herunterfiel. Die meisten der Sterne sahen aus wie Sternschnuppen, aber sie würden nicht hinabfallen, sondern nur den Boden küssen.

Genauso hatte sie es sich vorgestellt. Sie versuchte

schließlich, etwas von dem Sternenregen einzusammeln, denn das war ja ihr Ziel gewesen. Doch da wurde ihr schlagartig klar, dass nichts real war, auch wenn es den Anschein hatte. Es war nur eine Illusion, die sich allerdings sehr echt anfühlte.

Anin wurde bewusst, dass sie sich die ganze Zeit keinen Millimeter bewegt hatte, sie stand immer noch dort, wo sie ihren neuen Freund getroffen hatte. Mit dieser Erkenntnis verschwand auch das wunderschöne Bild der Sterne und der Planeten.

»Was kann ich noch für dich tun?«, wollte der kleine Computer wissen.

»Sag bitte, bist du hier ganz alleine in deiner Welt?«

»Ja, das bin ich. Ich habe mir diese virtuelle Welt mithilfe von Maschinen erschaffen. Hier kann ich alles sein, was ich will.«

Anin überlegte: Eine Welt, die durch Maschinen am Leben gehalten wurde, das konnte sie sich nicht wirklich vorstellen. Sie mochte den Gedanken überhaupt nicht, und stellte sich vor, wie es wäre, keine Gerüche, keine Farben, keine Gefühle mehr wahrnehmen zu können, sondern nur durch Maschinen erzeugte Illusionen zu erleben.

Anin fragte Hexabinzimal, ob er mit ihr kommen wolle, dorthin, wo es eine reale Welt gäbe, die man erkunden könne.

»Das kann ich leider nicht, dann würde ich nicht mehr existieren können«, antwortete er.

Anin verabschiedete sich und begab sich hinunter zu Yawla. Sie mussten nun aufbrechen.

Auf dem Weg fragte Anin ihren Freund, wie er denn in dem Orkan gelandet war. Er erzählte ihr, dass er versucht hatte, Anin zu folgen. Es sei ihm schließlich gelungen, sich über das Gewässer treiben zu lassen, und am Ufer habe er sie einholen wollen. Jedoch kam irgendwann genau dieser Orkan auf, und er fand sich darin wieder, wobei er zugeben musste, dass es hier wunderschön war.

Manchmal kann man eben nicht vom Äußeren darauf schließen, wie es innen drin aussieht, wie bei dem Orkan. Man muss sich selbst davon überzeugen.

Yawla und Anin gingen wieder ganz nach unten, Etage für Etage. Als sie dort angekommen waren, verankerte Yawla seine Wurzeln so tief im Boden, wie er nur konnte. Anin hielt sich an ihm fest, und der Orkan zog tosend über sie hinweg. Blitze, Donner und ein starker Niederschlag begleiteten den Orkan, aber die beiden hatten es nun geschafft. Sie konnten ihre Reise fortsetzen.

Phönix

Yawla begleitete Anin noch ein ganzes Stück, sie verstanden sich sehr gut. Doch Anin wollte ab jetzt allein weitergehen. Schweren Herzens verabschiedeten sich die beiden erneut voneinander. Sie waren sich sicher, dass sich ihre Wege wieder kreuzen würden.

Als Anin sich nochmals umdrehte, sah sie den hohen Jahreszeitenberg. Der Orkan hatte sie wieder nach unten gebracht. Anin musste sich eingestehen, dass sie auf dem Berg auch nicht näher an ihr Ziel gelangt war. Auch fliegen konnte sie nicht mehr. Sie war wieder am Anfang. Es schien so, als ob sie den falschen Weg eingeschlagen hätte, und nun einen anderen gehen müsste.

Sie beeilte sich, voranzukommen, denn sie spürte, ihr blieb nicht mehr viel Zeit. Wobei sie sich im Moment weder schwach noch müde fühlte, aber sie hatte eine innere Unruhe, die sie weitertrieb.

Nach einer Weile legte sie eine Pause ein, und plötzlich meldete sich wieder ihr Talisman. Sie schaute in den Spiegel der Erinnerung.

Sie sah Anna, die in einem Krankenbett lag. Ihre Hände hatte sie zum Gebet gefaltet, und das tat sie in letzter Zeit sehr oft: beten. Sie war sehr krank, und ihre

Chancen, geheilt zu werden, waren nur sehr gering. Sie hatte zwar alles versucht, um ein Heilmittel zu finden, jedoch gab es immer wieder Rückschläge, ähnlich wie bei Anin. So stützte sie sich in letzter Zeit auf ihre Gebete zu Gott und hoffte, er könnte ihr helfen.

Durch ihre Krankheit hatte Anna eine sehr enge Beziehung zu ihren Angehörigen aufgebaut. Sie waren alle an ihrer Seite und beteten mit ihr. Einige von ihnen hatten Tränen in den Augen. Nur Anna war sehr stark und sagte: »Es wird alles gut, bitte sorgt euch nicht. Ich fürchte mich nicht, und wenn ich das irdische Raumschiff verlasse, weiß ich, dass es ein neuer Anfang sein wird.«

Doch es war noch Zeit, denn Anna hatte eine Liste, die sie verwirklichen wollte. Einige Dinge hatte sie bereits erledigt, aber es gab auch solche, die sie noch in Angriff nehmen wollte.

Einer der Punkte war, nochmals den Grand Canyon zu besuchen. Das hatte sie bereits mehrmals getan, doch beim letzten Mal ging es ihr schon nicht mehr ganz so gut. Sie liebte diese riesige Schlucht. Es war die steinige Gegend, die ihr Herz höherschlagen ließ. Wie die Natur über Tausende von Jahren die Gesteine geschliffen hatte, war sehr beeindruckend für sie.

Es standen aber auch ganz einfache Dinge auf der Liste, wie zum Beispiel durch den Garten tanzen. Es waren alltägliche Sachen, die aber mittlerweile un-erreichbar schienen.

Anin beobachtete Anna eine ganze Weile.

Dann sah sie in dem Spiegel der Erinnerung sich selbst, wachend über Anna. Anin wurde nun klar, dass sie Anna schon lange kennen musste. Sie stand ihr zur Seite, um sie zu beschützen und zu unterstützen. Genau das war ihre Aufgabe. Aber warum war sie nicht bei ihr? Anna brauchte sie doch so sehr.

In diesem Moment wurde es taghell um Anin. Sie musste ein paar Mal zwinkern, bevor sie sehen konnte, wer da vor ihr stand. Es handelte sich um eine Lichtgestalt, genau wie sie selbst eine war, die ihr sehr bekannt vorkam.

»Es wird Zeit, komm mit und folge mir«, sagte Phönix. Dann stieg er in die Höhe, indem er seine Arme ausbreitete und emporflog. Anin tat es ihm gleich, und plötzlich war auch sie hoch in der Luft. »Ich kann fliegen!«, sagte sie zu sich selbst. Und genau das tat sie mit großer Freude. Dabei ging ihr Anna nicht aus dem Kopf.

Sie unterhielt sich mit Phönix. Anscheinend wusste er genau, was mit Anin geschehen war.

Er war es auch, der Anin auf die Reise geschickt hatte.

»Phönix, wo fliegen wir eigentlich hin, und kannst du mir sagen, warum ich mich nur teilweise an einiges erinnern kann?«

Phönix erwiderte: »Anin, du bist ein Schutzengel. Bei dem Versuch, die Gefahr von Anna, die dir so ans Herz gewachsen war, abzuwehren, hast du dich sehr stark verletzt und eine Art Amnesie erlitten. Du musstest diese Reise antreten, um dich selbst wiederzufinden. Jedoch ist deine

Reise noch nicht ganz zu Ende. Du musst sie abschließen, um deine Bestimmung zu erfüllen. Die Geschichte des kleinen Engels habe ich dir mit auf den Weg gegeben, damit du etwas hast, an dem du dich festhalten kannst. Ich werde immer bei dir sein und über dich wachen.«

Mit diesen Worten verabschiedete sich Phönix und verschwand genauso schnell wie er gekommen war.

Volkla

Anins Reise neigte sich langsam dem Ende zu. Sie wusste nun, was zu tun war. Ihre Kräfte hatte sie schon größtenteils zurückgewonnen, und fliegen konnte sie auch. Sie war guter Dinge, denn was sollte sie noch aufhalten? Es sollte nun möglich sein, an den Sternenstaub zu gelangen und wieder zurück zu Anna zu gehen, die sie immer beobachtete.

Anin wollte unbedingt bei ihr sein, um sie zu beschützen. Nach einem langen Fußmarsch konnte sie von Weitem bereits eine mächtige, dunkle Wolke erkennen. Je näher Anin kam, umso beeindruckender wurde diese. Nach einer Weile war sie dieser Wolke schon sehr nah, die aus Ruß und Asche bestand. Der Boden unter ihren Füßen war mittlerweile sehr warm, und auch die Umgebungstemperatur war stark gestiegen.

Vor ihr lag ein großer Vulkan namens Volkla. Es war nicht möglich, einfach an diesem Vulkan vorbeizulaufen, denn er hatte enorme Ausmaße. Das ganze Gebiet um ihn herum kochte und Wasserdampf stieg empor. Anin überkam die Idee, einfach über den Vulkan zu fliegen, denn schließlich bräuchte sie nur ihre Arme auszubreiten und emporzusteigen. Allerdings war die Luft so heiß, dass die Gefahr groß war, sich zu verbrennen und dabei abzustürzen. Wieder stand Anin vor einer fast unlösbaren Aufgabe.

Aber sie gab natürlich nicht auf. Wie sollte sie auch den Weg zurückfinden? Sie wollte ihr Ziel erreichen und sah sich um. Schließlich fiel ihr auf, dass aus dem sehr heißen Boden Bläschen aufstiegen. Sie waren sehr groß und schienen sehr stabil zu sein. Die Bläschen stiegen auf und fanden ihren Weg durch den Rauch des Vulkans hindurch. Anin konnte erkennen, dass die Bläschen durch die Aschewolke zogen und auf der anderen Seite wieder zum Vorschein kamen, ohne dabei zerstört zu werden.

Sie hatte eine Idee. Die war zwar riskant, allerdings wusste sie sich im Moment keinen besseren Rat. Sie hatte über weitere Optionen nachgedacht, zum Beispiel ihre Freunde zu fragen. Vielleicht konnte ihr die kleine Wolke Frau Pause helfen oder ihr Freund Yawla. Jedoch wollte sie keinen ihrer Freunde in Gefahr bringen. Sie wusste aber, wenn sie gefragt hätte, wären sie für Anin da gewesen.

Sie suchte sich einen Platz auf dem heißen Boden, der einigermaßen erträglich war. Dort wartete sie, bis sich eines dieser überdimensionalen Bläschen bildete und ließ sich von ihm einschließen. Ehe sie sichs versah, war sie auch schon in der Luft, ihr Plan ging auf. Sie schwebte durch die mächtige Wolke aus Ruß und Asche. Für eine Zeit herrschte völlige Dunkelheit, doch es dauerte nicht lange, da war sie auf der anderen Seite des Vulkans. Die größte Hürde war bereits genommen, nun musste sie nur noch landen. Das war gar nicht so einfach, denn noch stieg das Bläschen zusammen mit Anin empor.

Nach kurzer Zeit verlor das seltsame Flugobjekt jedoch an Höhe. Wahrscheinlich lag es daran, dass es sehr stark abkühlte. Somit sank es nicht nur, sondern auch die Dicke seiner Umhüllung verringerte sich. Anin befand sich ein paar Meter über dem Boden und da geschah es! Die umhüllende Schicht löste sich auf und die Blase platzte.

Anin wurde mit einem Wassernebel überzogen, da sich die Blase in Tausende kleiner Tröpfchen aufgelöst hatte. Der Nebel verhinderte allerdings, dass Anin fliegen konnte, sie fiel erneut in die Tiefe. Bevor sie auch nur den Ansatz von Angst verspürte, wurde ihr Sturz jedoch abgefangen. Von Phönix.

»Anin, auch diese Prüfung hast du bestanden. Ich werde dich nun zu einem Ort bringen, nach dem du schon lange suchst und nach dem du dich auch schon sehr lange sehnst.«

»Vielen Dank, Phönix. Was ist das für ein Ort, von dem du da sprichst?«, wollte Anin in Erfahrung bringen.

»Lass dich überraschen, es wird eine große Freude für alle sein«, erwiderte Phönix.

Anfangs musste Phönix seine Freundin Anin durch die Lüfte tragen. Anins Flügel trockneten durch den starken Wind sehr schnell. Schon bald konnte sie wieder aus eigenen Kräften weiterfliegen. Sie folgte Phönix, der anscheinend genau wusste, wo es langging.

Anin freute sich, nicht mehr allein beziehungsweise nur in Begleitung von Glowin dem Allerersten reisen zu müssen, was natürlich auch sehr schön war. Irgendwie sehnte Anin sich aber nach Gleichgesinnten, und den hatte sie in Phönix gefunden. Nun hatte sie jemanden, der war wie sie selber. Das war es, was sie bisher so vermisst hatte.

Phönix konnte genau nachvollziehen was Anin gerade beschäftigte. Freunde zu finden und zu behalten war für Anin das Wichtigste, und somit setzten sie ihre Reise fort, zu einem Ort, den Anin noch nie zuvor gesehen hatte. Es machte ihr sehr viel Spaß mit Phönix über den Wolken zu schweben. Hier oben war alles so leicht geworden. Es gab keinerlei Hindernisse mehr, keine Prüfungen, sie konnten einfach sie selbst sein und sich gleiten lassen.

Phönix sagte: »Wir sind bald da, keine Angst. Folge mir einfach, und schon bald wirst du sehen, dass es noch mehr von uns gibt. Weitere Lichtgestalten, und alle warten darauf, dich wiederzusehen.«

Sternenregen

Sie waren eine ganze Weile unterwegs. Schließlich kamen sie zu dem besagten Ort. Es war nichts Ungewöhnliches zu erkennen, jedoch kam Anin die Gegend auch nicht vertraut vor. Es war bereits dunkel geworden, der Himmel war übersät mit Sternen. Und dann passierte es plötzlich.

Es war wie in der digitalen Welt bei Hexabinzimal. Nur dieses Mal war alles echt. Sie konnte es fühlen, sie konnte es spüren. Es sah zwar genauso aus, wie sie es zuvor schon einmal erlebt hatte, doch es fühlte sich jetzt real an. Dieses Mal bekamen die Sterne wirklich Stelzen, die bis auf den Boden ragten.

Es war Sternenstaub, der die Sterne aussehen ließ, als hätten sie einen Schleier. Anin badete regelrecht in diesem Nebel leuchtender Funken, sie spürte, wie sie sich selber veränderte. Ihre Kräfte nahmen zu, und sie wurde zu einem Leuchtwesen, einem Engel, der all seine Kraft entfalten konnte. Sie war überglücklich und umarmte Phönix. Sie bemerkte, dass ihr Armband mit dem Talisman nicht mehr an ihrem Handgelenk befestigt war. Erschrocken schaute sie Phönix an.

Phönix beruhigte sie: »Das benötigst du nun nicht mehr. Du wirst sehen, dass du auch ohne diesen Talisman in der Lage bist, eine andere Welt zu betreten, die irdische Welt. Ich werde dir zeigen, wie es geht. Nur dazu müssen wir an einen anderen Ort.«

Anin stimmte zu, jedoch musste sie vorher noch etwas erledigen. Sie hatte das Bedürfnis, einmal noch zurückzukehren, um den Stein, den sie im Giftwald verloren hatte, wieder an sich zu nehmen. Natürlich wollte Phönix sie begleiten. Nachdem der Sternenregen aufgehört hatte, machten die beiden sich erneut auf den Weg. Nur dieses Mal war es kein Problem, die Hürden zu nehmen. Der Vulkan war überhaupt kein Hindernis mehr für sie. Sie kamen auch an dem Orkan vorbei, der immer noch sehr hungrig war und alles aufsog, was sich ihm entgegenstellte. Sie durchquerten Städte und passierten auch den Berg Ebir. Glücklicherweise traf Anin unterwegs ein paar Freunde, die sie Phönix vorstellte. Anin konnte ihre Freude nicht verbergen, als sie Gibli wiedersah. Dieser hatte mittlerweile sehr viele Freunde gefunden und war sehr glücklich. Das hatte er Anin zu verdanken.

Ihr Weg führte sie schließlich durch den dunklen Irrgarten, der ebenfalls leicht zu nehmen war. Nach einer Weile gelangten sie an ihr Ziel. Alles ging viel schneller, und keine Dunkelheit konnte ihnen etwas anhaben. Phönix war alleine sehr stark, zusammen mit Anin jedoch waren die zwei sehr mächtig. Nichts und niemand konnte sie aufhalten.

In Waltoxi angekommen, ließen sich beide zu Boden gleiten. Dort, wo sie standen, verwandelte sich der so karge, dunkle Wald in ein Pflanzenmeer. Der magische Stein lag noch genau an der Stelle, an der Anin ihn hatte fallen lassen. Sie bückte sich und hob ihn auf.

»Diesen Stein wirst du brauchen, um die irdische Welt betreten zu können«, sagte Phönix.

Aber das wusste Anin bereits. Instinktiv hatte sie diesen Weg gewählt, denn sie durfte nicht sichtbar sein, wenn sie Anna, die bereits sehr schwach war, besuchen wollte.

Nun machten sie sich erneut auf. Dieses Mal brachte Phönix sie zu einem Ort, den Anin bereits sehr gut kannte. Dort gab es sehr viele Lichtgestalten, und alle schienen sich zu kennen. Ebenso wie alle Anin kannten.

Anin begann sich zu erinnern. Hier war sie sehr oft gewesen, bevor sie ihre Reise antrat. Es kam ihr vor, als sei sie niemals woanders gewesen. Hier war alles im Einklang. Alle gingen sehr gut miteinander um. Sie waren an einem Ort, wo es keine Räume oder Zimmer gab, und doch war es wie ein Zuhause.

»Komm, ich möchte dir etwas zeigen«, sagte Phönix zu Anin. Und sie gingen in einen Bereich, der sich nicht großartig von allen anderen unterschied.

»Hier kannst du dir Zeit für dich nehmen und dich an das erinnern, was vor deiner Reise passierte. Ich werde dich nun alleine lassen.« Mit diesen Worten ging Phönix fort.

Der Raum um Anin, der allerdings keine wirklichen Mauern hatte, veränderte sich. Die Zeit vor ihrer Reise, die sie auf Erden verbracht hatte, zog an ihr vorüber. Es waren Bilder, die wie eine Projektion aussahen.

Anin erinnerte sich nun an jedes auch noch so kleine Detail. Sie war der Schutzengel, der auf Anna aufpasste. Kam sie nun zu spät? Hatte sie zu viel Zeit verloren?

Nach einer Weile, nachdem Anin alles gesehen hatte, kam Phönix zurück. Anin fragte, ob es zu spät sei, zurückzukehren, um Anna zu beschützen. Daraufhin lächelte Phönix. »Keineswegs«, sagte er. »In dieser Ebene spielt Zeit keine Rolle. Für Anna warst du nur einen Wimpernschlag fort. Du warst die ganze Zeit bei ihr.«

Unser Engel war tief berührt. Durch die Reise war er nicht nur stark geworden, sondern hatte auch viele Freunde gefunden und vor allem seine Kräfte zurückerlangt.

Durch diese Reise wurde Anin vieles bewusst. Anscheinend mussten sich Engel ihre Flügel verdienen. Aber vielleicht war es auch so, dass Engel manchmal dringender im Himmel gebraucht werden als auf Erden.

Ihr letzter Weg stand ihr noch bevor und es war der schwerste. Sie musste unbedingt zu Anna. Sie sah die anderen Lichtwesen an und hörte sie sagen: »Nun geh, Anin, und mach dich auf den Weg. Bleib bei Anna und nimm ihr alle Ängste.«

Anin war sich unsicher, aber sie wusste, was zu tun war. Sie war ein Lichtwesen. Sie wünschte sich, auf Erden zu sein, genau dort, wo sie gebraucht wurde, und so geschah es auch.

Nur Mut

Anin stand in dem Zimmer der irdischen Welt, wie sie es im Spiegel gesehen hatte. Es war alles sehr schön geschmückt, denn bald war Heiligabend. Es fiel Schnee, und die ganze Umgebung war damit bedeckt.

Im Krankenzimmer stand ein kleiner Weihnachtsbaum. Lichter erhellten den Raum und er sah sehr harmonisch aus. Anin sah sich sehr genau um. Es war anders, als sie es sich vorgestellt hatte. Aber das Gefühl war nicht mit dem zu vergleichen, das sie auf ihrer Reise gehabt hatte.

Anin hatte nun die Möglichkeit, die irdische Welt zu betreten. Aber auch im Himmel hatte sie bei den anderen Lichtgestalten ihren Platz gefunden. Und dann war da noch ihre eigene Welt, in der sie und ihre Freunde daheim waren.

Anna war allein, als Anin das Zimmer betrat. Natürlich konnte Anna den kleinen Engel nicht sehen, denn als Engel auf Erden war Anin unsichtbar für andere. Dennoch setzte Anin sich zu ihr. Sie umarmte Anna, die irgendwie spürte, dass sie nicht alleine war.

Anin blieb so lange bei Anna, bis sie eingeschlafen war. Dann begann der kleine Engel, sich etwas auf der

Station umzusehen. Dort lagen noch weitere kranke Menschen. Keiner von ihnen hatte Angst, alle sahen trotz ihrer Situation sehr zufrieden aus.

Auch Anin war zufrieden und zugleich etwas erleichtert. Endlich war sie am Ziel ihrer Reise angelangt und konnte für jemanden da sein. Sie war nicht zu spät gekommen, aber wie sollte sie auch? Für irdische Verhältnisse war sie nur für den Bruchteil einer Sekunde fort gewesen.

Am nächsten Tag kam Besuch. Es waren Angehörige. Sie alle gingen sehr sorgsam mit Anna um, einige hatten Tränen in den Augen. Andere konnten es nicht ertragen, dass Anna kraftlos und hilflos da lag, und gingen aus dem Zimmer. Sie ließen sich nichts anmerken, Anin jedoch wusste es.

Dank Anins Nähe hatte Anna überhaupt keine Angst. Und irgendwie schienen auch alle Anwesenden die Nähe des kleinen Engels zu spüren.

So ging es noch ein paar Tage. Bis der Jahreswechsel kam. An diesem Tag gab es ein wunderschönes Feuerwerk. Einer der Besucher hielt die Hand der kranken Anna, die, so schien es, nur auf diesen Moment gewartet hatte.

Ein grelles Licht erhellte den Raum und Anin beugte sich über Anna, für die es nun so weit war, loszulassen. In diesem Augenblick wurde Anna, die bereits seit Jahren nach einem Heilmittel gesucht hatte, alles klar. Es gab wohl keine Medizin und keine Heilung. Es war an der Zeit, mit dem Engel aufzusteigen. Sie spürte keine Angst.

Ihr steiniger Weg lag hinter ihr, und es sollte etwas Neues anfangen. Sie hatte ihren Weg beendet, nicht alleine, aber mit viel Kraft und starkem Willen.

Sie würde das irdische Raumschiff verlassen und mit Anin fortgehen … an den Ort, wo sich alle Lichtgestalten trafen.

Bevor sie mit Anin aufstieg, drehte sie sich noch einmal um. Alle Angehörigen trauerten, und Anna sah ihren eigenen leblosen Körper, der ihr sehr viele Schmerzen bereitet hatte. Traurig war sie nicht, denn sie wusste, Anin würde sie an einen Ort bringen, wo sie nicht alleine war.

Es war ein ganz besonderer Ort im Himmel, der für die Lebenden unerreichbar war. Vielleicht konnte man ihn nicht sehen, weil er in einer anderen Zeit existierte, vielleicht aber auch, weil nur Lichtgestalten ihn wahrnehmen konnten.

Sie stiegen auf, dorthin, wo alle in Harmonie lebten. Wo es keinen Schmerz gab. Sie hatte oft darüber nachgedacht, ob sie selbst zum Engel werden würde, dafür hatte sie in den letzten Wochen sehr viel gebetet.

Sie wusste natürlich, dass Gott alle Engel erschaffen hatte. Aber sie stellte sich vor, vielleicht einen Engel begleiten zu können. Und genau das geschah auch. Anin nahm sich Annas an, die keinerlei Angst verspürte. Doch Anna hatte noch etwas zu erledigen, und so nahm Anin sie noch mal mit zur Erde.

Dort sahen die beiden, dass alle, die etwas mit Anna zu tun gehabt hatten, sehr traurig waren – nun, da Anna nicht mehr unter ihnen war.

Unser kleiner Engel half Anna dabei, ein paar Kerzen zu entzünden, als Zeichen, dass sie auf Erden bei ihren Liebsten war. Als sie wieder emporstiegen, zeichneten sie einen Engel in den Himmel. Schaute man von unten hinauf, so bildeten die Wolken die Umrisse eines Engels.

Für Anna brach nun ein neues Kapitel an, eines, das wir nur erahnen können. Dennoch wird sie immer bei uns sein.

Wir können alles erreichen, mit den richtigen Freunden an unserer Seite, denen wir unser Herz anvertrauen können. Ein Ende ist auch gleichzeitig ein neuer Anfang.

Was passieren würde, wenn sie das irdische Raumschiff verließ, darüber hatte Anna bereits viel nachgedacht. Sie war traurig, dass sie ihre Liebsten zurücklassen musste, aber sie würden sich wiedersehen.

Nachwort

Wir wissen nicht, was uns erwartet. Dieses Buch beschreibt viele kleine Abenteuer, die in einem großen Abenteuer enden. Ganz ähnlich wie unser Leben. Täglich haben wir Aufgaben zu lösen und Prüfungen zu bestehen. Wir werden geprüft, wie wir uns unseren Nächsten gegenüber verhalten.

Dieses Buch enthält mit jedem seiner Kapitel eine Botschaft. Es sind Botschaften, die uns zum Nachdenken anregen sollen. Eine fantasievolle Reise, die uns vielleicht ein kleines bisschen innehalten lässt.

Wann wir selber das irdische Raumschiff verlassen werden, ist nicht gewiss. Gewiss ist nur, dass wir die Zeit, die wir haben, nutzen sollten. In der Geschichte ging es um eine Frau, die sich wünschte, noch mal durch den Garten tanzen zu können. Es sind kleine Dinge, die wir in unserem Alltag gar nicht mehr wahrnehmen. Aber wir sollten uns die Zeit nehmen, einfach mal darüber nachzudenken.

Was würden wir machen, wenn wir diese alltäglichen Dinge nicht mehr ausüben könnten?

Vielleicht sollte man sich beim nächsten Spaziergang einfach mal eine Pause von der Hektik nehmen, tief Luft holen und den Moment genießen.

Ich hoffe, dieses Buch erreicht all diejenigen, die etwas Mut schöpfen möchten. Die den Glauben und die Hoffnung nicht aufgeben und die mit ihren Freunden noch viel erleben wollen.

Denn es bleibt uns noch sehr viel Zeit, in der wir viel Freude verbreiten können, bevor wir das irdische Raumschiff verlassen müssen.

»Solltet ihr nachts ein helles Licht sehen, so fürchtet euch nicht. Das wird wohl Glowin der Allererste sein, der heimlich aus Anins Tasche entwichen ist, um die Erde zu erkunden.«

In diesem Buch kommen vor

* *Rosa = Rose, die Anin hilft*
* *Ert = uraltes, allwissendes Wesen, das in einem ebenso alten Baum lebt*
* *Yawla = ein besonderer Baum und Anins Freund*
* *Uflag = Wesen, die sich tarnen und sich unsichtbar machen konnten*
* *Glowas = Leuchtwesen*
* *Glowin der Allererste = Anführer der Leuchtwesen, Begleiter von Anin*
* *Die kleine Wolke Frau Pause = Freundin, die Anin hilft*
* *Parone = der farbenprächtige Pfau*
* *Waltoxi = der Gift Wald*
* *Gibehl = die graue, farblose Stadt*
* *Inetra = der dunkle Irrgarten*
* *Prisma = eine grüne Stadt*
* *Gibli – ein sympathischer Riese*
* *Phönix = ein Engel*
* *Volkla = der Vulkan*
* *Hexabinzimal = ein sympathisches Wesen*
* *Stansfjusel = ein Sturm*
* *Daunsche = gefiederter Baum*

Danke!

An meine kleine Familie, Andrea und Thomas sowie an Wolma Krefting und Marie, die mich bei diesem Buch sehr unterstützt haben.

In memoriam Nina